MARCEL
PROUST

SOBRE A LEITURA

seguido do depoimento de
CÉLESTE ALBARET
a Sonia Nolasco-Ferreira

Tradução de Julia da Rosa Simões

www.lpm.com.br
L&PM POCKET

COLEÇÃO 96 PÁGINAS

Coleção **L&PM** POCKET, vol. 1228

Texto de acordo com a nova ortografia.

Título original: *Sur la lecture*
Depoimento de Céleste Albaret concedido a Sonia Nolasco-Ferreira, publicado originalmente na *Revista 80*, no inverno de 1983.
Esta edição na Coleção **L&PM** POCKET: julho de 2016
Esta reimpressão: fevereiro de 2020

Tradução: Júlia da Rosa Simões (Sobre a leitura)
Capa: Ivan Pinheiro Machado sobre foto de Marcel Proust.
Preparação: Elisângela Rosa dos Santos
Revisão: Marianne Scholze

CIP-Brasil. Catalogação na publicação
Sindicato Nacional dos Editores de livros, RJ

P962s

Proust, Marcel, 1871-1922
    Sobre a leitura *seguido do* depoimento de Céleste Albaret a Sonia Nolasco-Ferreira / Marcel Proust; seguido do depoimento de Céleste Albaret; Tradução de Julia da Rosa Simões. – Porto Alegre, RS: L&PM, 2020.
    96 p. ; 18 cm.   (Coleção L&PM POCKET, v. 1228)

    Tradução de: Sur la lecture
    ISBN 978-85-254-3123-3

    1. Literatura francesa - História e crítica. 2. Albaret, Céleste, 1891-1984 – Entrevistas. I. Título. II. Série.

14-10548	CDD: 840
	CDU: 821.133.1

© da tradução, L&PM Editores, 2016

Todos os direitos desta edição reservados a L&PM Editores
Rua Comendador Coruja, 314, loja 9 – Floresta – 90.220-180
Porto Alegre – RS – Brasil / Fone: 51.3225.5777
Pedidos & Depto. comercial: vendas@lpm.com.br
Fale conosco: info@lpm.com.br
www.lpm.com.br

Impresso na Gráfica e Editora Pallotti, Santa Maria, RS, Brasil
Verão de 2020

À princesa Alexandre de Caraman-Chimay, cujas Notes sur Florence *teriam deliciado Ruskin, dedico respeitosamente, como uma homenagem de minha profunda admiração, essas páginas que decidi coligir porque lhe agradaram.*

Talvez não haja, em nossa infância, dias que tenhamos vivido mais plenamente do que aqueles que acreditamos ter perdido sem vivê-los, aqueles que passamos na companhia de um livro preferido. Tudo aquilo que, parecia-nos, preenchia-os para os outros e que afastávamos como um obstáculo vulgar a um prazer divino – o jogo para o qual um amigo vinha nos buscar no trecho mais interessante, a abelha ou o raio de sol incômodos que nos forçavam a erguer os olhos da página ou a mudar de lugar, o lanche que nos haviam feito levar e que deixávamos ao nosso lado no banco, intocado, enquanto acima de nossa cabeça o sol perdia a intensidade no céu azul, o jantar para o qual era preciso voltar e durante o qual só pensávamos em subir para terminar, assim que possível, o capítulo interrompido – tudo isso, que a leitura deveria ter-nos permitido perceber apenas como uma inconveniência, ela pelo contrário gravava em nós como uma lembrança tão doce (tão mais preciosa segundo nosso julgamento atual do que aquilo que líamos então com tanto amor) que, se ainda hoje nos acontece de folhear esses livros de antigamente, fazemo-lo como os únicos registros que guardamos dos dias passados e com a esperança de vermos refletidas em suas páginas as moradas e lagunas que não existem mais.

Quem não se lembra, como eu, das leituras feitas na época das férias, sucessivamente ocultadas sob todas as leituras diurnas que eram tranquilas e invioláveis o suficiente para poder abrigá-las. De manhã, voltando do parque, quando todos tinham ido "fazer um passeio", eu me insinuava na sala de jantar onde, até a ainda distante hora do almoço, ninguém entraria além da velha Félicie, relativamente silenciosa, e onde eu teria como únicos companheiros, muito respeitosos da leitura, os pratos pintados pregados na parede, o calendário com a folha da véspera recentemente arrancada, o pêndulo e o fogo, que falam sem exigir uma resposta e cujos suaves discursos vazios de sentido não vêm, como as palavras dos homens, substituir o dos vocábulos lidos. Instalava-me numa cadeira perto do pequeno fogo de lenha, sobre o qual, durante o almoço, o tio madrugador e jardineiro diria: "Não é prejudicial! Suporta-se muito bem um pouco de fogo; asseguro-lhes que às seis horas fazia bastante frio na horta. E dizer que em oito dias será Páscoa!". Antes do almoço que, *hélas!*, colocaria um fim à leitura, ainda havia duas longas horas. De tempos em tempos, ouvia-se o barulho da bomba de onde a água correria, que fazia erguer os olhos para ela e contemplá-la através da janela fechada, ali, bem perto, na única aleia do jardim que delimitava com tijolos e faianças em meia-lua os canteiros de amores-perfeitos: amores-perfeitos que pareciam colhidos naqueles céus belíssimos, céus versicolores e como que refletindo os vitrais da igreja, às vezes vistos por entre os telhados da aldeia, céus tristes que surgiam antes das tempestades, ou depois, bem tarde, quando o dia chegava ao fim. Infelizmente, a cozinheira vinha com muita antecedência colocar a mesa; se ainda a arrumasse sem falar! Mas ela achava preciso dizer: "Você não está bem assim; e se eu aproximasse uma mesa?". E apenas para responder "Não, muito obrigado" era preciso interromper a leitura e trazer de longe a voz que, por dentro dos lábios, repetia sem som, correndo, todas as palavras que os olhos haviam lido; era preciso interrompê-la, fazê-la sair e, para dizer de maneira adequada um "Não, muito obrigado", dar-lhe uma aparência de vida comum, um tom de resposta, que haviam sido perdidos. A hora passava; com frequência, muito antes do almoço, começavam a chegar à sala de jantar aqueles que, cansados, haviam encurtado a caminhada, aqueles que haviam "passado por Méséglise", ou aqueles que não tinham saído naquela manhã, "tendo de escrever". Por mais que dissessem "Não quero incomodar", logo começavam a se aproximar do fogo, a consultar o relógio, a declarar que o almoço não seria mal recebido. Cercavam com particular deferência aquele ou aquela que havia "ficado para escrever" e diziam-lhe "Então manteve sua pequena correspondência em dia" com um sorriso em que havia respeito, mistério, malícia e precaução, como se essa "pequena correspondência" fosse ao mesmo tempo um segredo de estado, uma prerrogativa, uma sorte e uma indisposição. Alguns, sem mais delongas, sentavam-se logo à mesa em seus lugares. Aquilo era um aborrecimento, pois constituiria um mau exemplo para os recém-chegados, faria crer que já era meio-dia, e meus pais pronunciariam cedo demais a frase fatal: "Agora, feche seu livro, vamos almoçar". Tudo estava pronto, os talheres todos postos sobre a toalha, em que a única coisa que faltava era aquilo que só era trazido ao fim da refeição, o aparelho de vidro em que o tio horticultor e cozinheiro fazia pessoalmente o café à mesa, tubular e complicado como um instrumento de física que exalasse um cheiro bom e do qual era tão agradável ver subir na campânula de vidro a súbita ebulição que depois deixava nas paredes embaçadas uma borra perfumada e escura; e também o creme e os morangos que o mesmo tio misturava, em proporções sempre idênticas, parando exatamente no rosa esperado, com a experiência de um colorista e a intuição de um *gourmand*. Como o almoço me parecia longo! Minha tia-avó apenas experimentava os pratos, para dar seu parecer com uma tranquilidade que tolerava, mas não admitia, desacordo. Para um romance, para versos, coisas que conhecia muito bem, invariavelmente se remetia, com uma humildade de mulher, ao parecer dos mais competentes. Ela considerava aquele o domínio flutuante do capricho, em que o gosto de uma única pessoa não pode fixar a verdade. Mas em coisas cujas regras e princípios lhe haviam sido ensinados pela mãe, na maneira de fazer certos pratos, de tocar as sonatas de Beethoven e de receber com cortesia, ela tinha certeza de ter uma noção exata da perfeição e de discernir se os outros dela se aproximavam mais ou menos. Nas três coisas, aliás, a perfeição era quase a mesma: era uma espécie de simplicidade nos modos, de sobriedade e de charme. Ela desaprovava horrorizada que colocassem especiarias nos pratos que não exigiam nenhuma, que tocassem com afetação e excesso de pedais, que ao "receber" saíssem de uma naturalidade perfeita e falassem de si com exagero. Do primeiro bocado às primeiras notas, passando por um simples bilhete, ela tinha a pretensão de saber se estava lidando com uma boa cozinheira, com um verdadeiro músico, com uma mulher bem-educada. "Ela pode ter muito mais dedo que eu, mas falta-lhe bom gosto quando toca com tanta ênfase esse andante tão simples." "Pode ser uma mulher brilhante e cheia de qualidades, mas é uma falta de tato falar de si nessas circunstâncias." "Pode ser uma cozinheira muito hábil, mas não sabe fazer o bife com batatas." O bife com batatas! Peça eliminatória ideal, difícil por sua própria simplicidade, espécie de *Sonata patética* da cozinha, equivalente gastronômico daquilo que representa, na vida social, a visita da senhora que vem pedir informações sobre um criado e que, num ato tão simples, pode muito bem fazer prova, ou não, de tato e educação. Meu avô tinha tanto amor-próprio que preferia dizer que todos os pratos estavam bem-feitos e conhecia muito pouco de culinária para alguma vez saber quando estavam malfeitos. Ele admitia que este às vezes podia ser o caso, muito raramente, aliás, mas apenas por pura obra do acaso. As críticas sempre justificadas de minha tia-avó, dando a entender, pelo contrário, que a cozinheira não soubera fazer tal prato, nunca deixavam de parecer particularmente intoleráveis a meu avô. Muitas vezes, para evitar discussões com ele, minha tia-avó, depois de provar algo com a ponta dos lábios, não dava seu parecer, o que, aliás, nos fazia saber imediatamente que este era desfavorável. Ela se calava, porém líamos em seus olhos doces uma inabalável e refletida desaprovação que tinha o dom de deixar meu avô furioso. Ele lhe rogava ironicamente que desse seu parecer, impacientava-se com o seu silêncio, pressionava-a com perguntas, exaltava-se, mas víamos que ela preferiria ser conduzida ao martírio a confessar a certeza de meu avô: que a sobremesa não estava doce demais.

Depois do almoço, minha leitura era retomada sem demora; especialmente quando o dia estava um pouco quente, todos subiam para "retirar-se para seus quartos", o que me permitia, pela escadinha de degraus baixos, chegar logo ao meu, no único andar tão baixo que, sentando à janela, bastaria dar um pulo de criança para encontrar-se na rua. Eu fechava minha janela sem conseguir esquivar-me da saudação do armeiro da casa da frente, que, sob o pretexto de baixar suas marquises, vinha todos os dias depois do almoço fumar seu cigarro na frente de sua porta e dar bom-dia aos passantes, que, às vezes, paravam para conversar. As teorias de William Morris, que foram aplicadas com tanta assiduidade por Maple e pelos decoradores ingleses, estabelecem que um quarto só é bonito quando contém exclusivamente coisas que nos sejam úteis e que toda coisa útil, mesmo um simples prego, não deve ser dissimulada, mas tornada aparente. Acima da cama com dossel de cobre e inteiramente descoberto, nas paredes nuas desses quartos higiênicos, algumas reproduções de obras-primas. A julgá-lo segundo os princípios dessa estética, meu quarto não era nada belo, pois estava cheio de coisas que não serviam para nada e que dissimulavam pudicamente, chegando a tornar seu uso extremamente difícil, as que serviam para alguma coisa. No entanto, era justamente dessas coisas que não estavam ali para o meu conforto, mas que pareciam ter sido trazidas por prazer, que a meu ver meu quarto tirava sua beleza. As altas cortinas brancas que resguardavam dos olhares a cama posicionada como ao fundo de um santuário; as camadas de acolchoados de *marceline*, mantas floridas, colchas bordadas, fronhas de cambraia, sob as quais a luz desaparecia, como um altar durante o mês de Maria sob as grinaldas e as flores e que, à noite, para poder me deitar, eu colocava por precaução numa poltrona na qual elas consentiam passar a noite; ao lado da cama, a trindade do copo com desenhos azuis, do açucareiro idêntico e da garrafa (sempre vazia a partir do dia seguinte ao de minha chegada, por ordens de minha tia, que temia que eu a "espalhasse"), espécies de instrumentos de culto – quase tão sagrados quanto o precioso licor de flor de laranjeira colocado perto deles numa ampola de vidro – que eu não teria acreditado mais permitido profanar, nem possível empregar para meu uso pessoal, do que cibórios consagrados, mas que eu considerava longamente antes de me despir, temendo derrubá-los com um movimento em falso; as pequenas estolas bordadas de crochê que cobriam o encosto das poltronas com um manto de rosas brancas que não deviam deixar de ter espinhos, pois, sempre que eu acabava de ler e queria me levantar, percebia que tinha ficado preso a elas; a campânula de vidro sob a qual, isolado dos contatos grosseiros, o pêndulo tiquetaqueava privadamente para conchas vindas de longe e para uma velha flor sentimental, mas tão pesada para levantar que, quando o pêndulo parava, ninguém, exceto o relojoeiro, cometeria a imprudência de tentar dar-lhe corda; a toalha branca de guipura que, colocada como uma capa de altar sobre a cômoda ornada de dois vasos, uma imagem do Salvador e um ramo bento, a fazia parecer com a Mesa Sagrada (que um genuflexório, guardado ali todos os dias, depois que se tinha "acabado o quarto", completava a evocação), mas cujos fiapos sempre presos nas frinchas das gavetas travavam tão completamente o movimento destas que eu nunca conseguia pegar um lenço sem derrubar de uma só vez a imagem do Salvador, os vasos sagrados e o ramo bento, e sem eu mesmo cambalear segurando-me ao genuflexório; por fim, a tripla superposição de pequenas cortinas de burel, grande cortinas de musselina e enormes cortinas de fustão, sempre sorridentes em sua brancura de pilriteiro, geralmente ensolarada, mas no fundo bastante irritantes em seu desalinho e na teimosia de brincar em torno dos varões paralelos de madeira e a se enroscarem umas nas outras e todas na janela assim que eu queria abri-la ou fechá-la, uma estando sempre pronta, quando eu conseguia soltar a outra, a vir logo tomar seu lugar nas junções tão perfeitamente tapadas por elas quanto por uma moita de pilriteiro de verdade ou por ninhos de andorinha que teriam tido o capricho de instalar-se ali, de modo que essa operação, tão simples na aparência, de abrir ou fechar minha janela, nunca era vencida por mim sem o auxílio de alguém da casa; todas essas coisas, que além de não poderem responder a nenhuma de minhas necessidades, criavam inclusive um entrave, aliás pequeno, à sua satisfação, que evidentemente nunca haviam sido colocadas ali para a serventia de alguém, povoavam meu quarto de pensamentos de certo modo pessoais, com o ar de predileção, de terem escolhido viver ali e de gostarem, que têm muitas vezes, numa clareira, as árvores, e na margem dos caminhos ou em velhos muros, as flores. Elas o enchiam de uma vida silenciosa e diversa, de um mistério no qual eu me via ao mesmo tempo perdido e enfeitiçado; elas faziam daquele quarto uma espécie de capela onde o sol – ao atravessar os pequenos vidros vermelhos que meu tio havia intercalado no alto das janelas – salpicava as paredes, depois de rosar o pilriteiro das cortinas, com cores tão estranhas como se a pequena capela tivesse sido encerrada dentro de uma grande catedral com vitrais; e onde o barulho dos sinos chegava tão retumbante, devido à proximidade de nossa casa com a igreja, à qual, além disso, nos grandes festejos, os grandes oratórios nos ligavam por um caminho de flores, que eu podia imaginar que eram soados em nosso telhado, logo acima da janela de onde muitas vezes eu saudava o pároco com seu breviário, minha tia voltando das vésperas ou o menino do coro que nos trazia pão consagrado. Quanto à fotografia de Brown da *Primavera* de Botticelli, ou ao molde da *Mulher desconhecida* do museu de Lille, que, nas paredes e sobre a lareira dos quartos de Maple, são a parte concedida por William Morris à beleza inútil, devo confessar que haviam sido substituídos, em meu quarto, por uma espécie de gravura representando o príncipe Eugène, terrível e belo em seu dólmã, e que certa noite fiquei bastante espantado em descobri-lo, em meio a um grande estrépito de locomotivas e granizo, sempre terrível e belo, na porta de um bar de estação, onde servia de reclame a uma especialidade de biscoitos. Suspeito, hoje, que meu avô o tenha ganhado em outros tempos, como brinde, da munificência de um fabricante, antes de instalá-lo para sempre em meu quarto. Porém, naquela época eu não desconfiava de sua origem, que me parecia histórica e misteriosa, e eu não imaginava que pudesse haver vários exemplares daquele que eu considerava como uma pessoa, como um morador permanente do quarto que eu apenas compartilhava e onde o encontrava todos os anos, sempre igual a si mesmo. Faz agora muito tempo que não o vejo, e suponho que nunca mais o verei. Contudo, se tal sorte me acontecesse, creio que ele teria muito mais coisas a me dizer do que *A primavera* de Botticelli. Deixo às pessoas de gosto ornarem suas casas com reproduções das obras-primas que admiram e dispensarem suas memórias do cuidado de conservar delas uma imagem preciosa confiando-as a uma moldura de madeira esculpida. Deixo às pessoas de gosto fazerem de seus quartos a própria imagem de seus gostos e enchê-los somente de coisas que estes possam aprovar. De minha parte, só me sinto viver e pensar dentro de um quarto onde tudo é criação e linguagem de vidas profundamente diferentes da minha, de um gosto oposto ao meu, onde não encontro nada de meu pensamento consciente, onde minha imaginação se exalta sentindo-se mergulhada no âmago do não eu; só me sinto feliz colocando os pés – na avenida da estação, no porto, ou na praça da igreja – num desses palacetes de província de longos corredores frios onde o vento de fora luta com sucesso contra os esforços do aquecedor, onde o mapa geográfico detalhado do distrito ainda é o único ornamento das paredes, onde cada ruído serve apenas para fazer o silêncio aparecer ao ser perturbado, onde os quartos encerram um cheiro de guardado que o ar da rua vem purificar, mas não apaga, e que as narinas aspiram cem vezes para levá-lo à imaginação, que se encanta, que o faz posar como um modelo para tentar recriá-lo dentro de si com tudo o que ele contém de pensamentos e recordação; onde ao anoitecer, quando abrimos a porta de nosso quarto, temos a sensação de violar toda a vida que lá ficou dispersa, de pegá-la ousadamente pela mão quando, fechada a porta, avançamos até a mesa ou até a janela; de sentarmos numa espécie de livre promiscuidade com ela no canapé confeccionado pelo tapeceiro do lugarejo no que ele pensava ser o gosto de Paris; de em tudo tocar a nudez daquela vida com o intuito de perturbar a si mesmo por sua própria familiaridade, colocando aqui e ali suas coisas, fazendo o papel de senhor naquele quarto cheio até o teto com a alma dos outros e que conserva até mesmo na forma dos morilhos e no desenho das cortinas a marca de seus sonhos, caminhando de pés nus sobre seu tapete desconhecido; então, temos a sensação de fechar essa vida secreta conosco quando vamos, trêmulos, puxar o ferrolho; de conduzi-la até a cama e de finalmente dormir com ela nos grandes lençóis brancos que cobrem o rosto, enquanto, bem perto, a igreja soa para toda a cidade as horas de insônia dos moribundos e dos apaixonados.

Eu não estava há muito tempo lendo em meu quarto e já era preciso ir ao parque, a um quilômetro da aldeia*. No entanto, depois do jogo obrigatório, eu abreviava o fim do lanche trazido em cestos e distribuído às crianças na beira do rio, sobre a grama na qual o livro havia sido colocado ainda com proibição de ser retomado. Um pouco mais adiante, em certos recantos bastante desertos e misteriosos do parque, o rio cessava de ser um curso retilíneo e artificial, coberto de cisnes e bordejado por aleias com estátuas sorridentes, e, por instantes, saltitante de carpas, precipitava-se, passava acelerado a cerca do parque, voltava a ser um rio no sentido geográfico do termo – um rio que devia ter um nome – e não tardava a se espalhar (de fato o mesmo que entre as estátuas e sob os cisnes?) por pastagens nas quais dormiam bois e cujos botões-de--ouro ele afogava, espécies de planícies tornadas bastante pantanosas por ele e que, de um lado acompanhava a aldeia ao longo das torres informes, restos, dizia-se, do medievo, alcançavam do outro, por caminhos ascendentes de roseiras--bravas e pilriteiros, a "natureza" que se estendia ao infinito, por aldeias que tinham outros nomes, o desconhecido. Eu deixava os outros acabarem de lanchar na parte baixa do parque, perto dos cisnes, e subia correndo pelo labirinto, até certa alameda onde me sentava, invisível, recostado às aveleiras podadas, vendo a plantação de aspargos, as fileiras de morangueiros, a cisterna que, em

---

* Aquilo que chamávamos, não sei por quê, de aldeia, é uma sede administrativa de cantão à qual o Guide Joanne atribui cerca de três mil habitantes.

certos dias, os cavalos pisoteavam fazendo a água subir, a porta branca no alto que era o "fim do parque", e, para além dela, os campos de centáureas e papoulas. Naquela alameda, o silêncio era profundo, o risco de ser descoberto, quase nulo, a segurança tornava-se mais doce com os gritos afastados que, de baixo, chamavam-me em vão, às vezes até se aproximavam, subiam as primeiras escarpas, procurando por toda parte, depois voltavam, sem me encontrar; depois, mais nenhum ruído; de tempos em tempos, apenas o som de ouro dos sinos que ao longe, para além das planícies, parecia repicar atrás do céu azul, poderia me avisar da hora que passava; no entanto, surpreendido por sua brandura e perturbado pelo silêncio mais profundo que o seguia, esvaziado dos últimos sons, eu nunca tinha certeza do número de badaladas. Não eram os sinos ribombantes que ouvíamos ao voltar para a aldeia – quando nos aproximávamos da igreja que, de perto, havia recuperado sua estatura elevada e rígida, erguendo no azul da noite seu teto de ardósia pontilhado de corvos – e que faziam o som espocar na praça "para os bens da terra". Eles chegavam ao fim do parque fracos e suaves, e não se dirigiam a mim, mas a todo o campo, a todas as aldeias, aos camponeses isolados em suas terras, não me forçavam absolutamente a erguer a cabeça, passavam por mim levando a hora às regiões distantes, sem me ver, sem me conhecer e sem me perturbar.

Algumas vezes, em casa, na cama, muito depois do jantar, as últimas horas da noite também abrigavam minha leitura, mas isso somente nos dias em que eu havia chegado aos últimos capítulos de um livro, em que não havia muito mais a ser lido para chegar ao fim. Então, arriscando-me a ser punido se fosse descoberto e à insônia que, acabado o livro, talvez se prolongasse a noite toda, assim que meus pais iam deitar eu voltava a acender minha vela; enquanto isso, na rua bem próxima, entre a casa do armeiro e o correio, banhadas de silêncio, havia um monte de estrelas no céu escuro e todavia azul, e à esquerda, na ruela elevada onde começava sinuosa sua ascensão proeminente, sentíamos a vigília, monstruosa e negra, da abside da igreja cujas esculturas não dormiam à noite, da igreja aldeã, porém histórica, morada mágica do Bom Deus, do pão consagrado, dos santos multicores e das damas dos castelos vizinhos que, nos dias de festa, faziam, quando atravessavam o mercado, as galinhas cacarejarem e as comadres olharem, vinham à missa "em suas parelhas", não deixando de comprar na volta, na confeitaria da praça, logo depois de terem deixado a sombra do pórtico onde os fiéis, empurrando a porta giratória, espalhavam os rubis flutuantes da nave, alguns desses bolos em forma de torres, protegidos do sol por um toldo – *manqués, saint-honorés* e *génoises* –, cujo aroma ocioso e açucarado continuo associando aos sinos da grande missa e à alegria dos domingos.

Depois de lida a última página, o livro estava terminado. Era preciso interromper a corrida desvairada dos olhos e da voz que acompanhava sem som, parando apenas para tomar fôlego, com um suspiro profundo. Então, a fim de dar outros movimentos dirigidos aos tumultos há muito desencadeados dentro de mim para poderem se acalmar, eu me levantava, começava a caminhar ao longo da cama, os olhos ainda fixos em algum ponto que em vão seria procurado dentro do quarto ou na rua, pois situado a apenas uma distância de alma, uma dessas distâncias que não se medem em metros e léguas, como as outras, e que, aliás, é impossível confundir com elas quando se vê os olhos "distantes" daqueles que pensam "em outra coisa". Mas como? O livro era só aquilo? Os seres aos quais havíamos concedido mais atenção e carinho do que às pessoas reais, nem sempre ousando confessar a que ponto os amávamos, e quando nossos pais nos encontravam lendo e pareciam sorrir de nossa emoção, fechando o livro com uma indiferença afetada ou um tédio fingido; essas pessoas por quem tínhamos arquejado e soluçado, não as veríamos nunca mais, nunca mais saberíamos algo a seu respeito. Já havia algumas páginas que o autor, no cruel "Epílogo", tivera o cuidado de "espaçá-los", com uma indiferença incrível para quem sabia com que interesse eles tinham sido seguidos passo a passo até ali. A ocupação de cada hora de suas vidas nos havia sido narrada. Depois, subitamente: "Vinte anos após esses acontecimentos, era possível encontrar nas ruas de

Fougères* um ancião ainda ereto etc.". E o casamento cuja deliciosa possibilidade tínhamos sido levados a vislumbrar ao longo de dois volumes, assustando-nos e a seguir regozijando-nos com cada obstáculo apresentado e depois removido, era por uma frase acidental de um personagem secundário que descobríamos que havia sido celebrado, não sabíamos ao certo quando, naquele espantoso epílogo escrito, parecia-nos, do alto do céu, por uma pessoa indiferente a nossas paixões do momento e que tomara o lugar do autor. Teríamos desejado tanto que o livro continuasse e, se isso fosse impossível, ter outras informações sobre todos aqueles personagens, descobrir algo de suas vidas, empregar a nossa em coisas que não fossem de todo estranhas ao amor que nos tinham inspirado** e cujo objeto de repente nos

---

* Confesso que certo uso do pretérito imperfeito do indicativo – esse tempo cruel que nos apresenta a vida como uma coisa ao mesmo tempo efêmera e passiva, que, no exato instante em que retraça nossas ações, enche-as de ilusão, extingue-as no passado sem deixar, como o pretérito perfeito, o consolo da atividade – manteve-se para mim uma fonte inesgotável de misteriosas tristezas. Ainda hoje pude pensar por horas na morte, com calma; bastou-me abrir um volume dos *Lundis* de Sainte-Beuve e cair, por exemplo, nesta frase de Lamartine (trata-se de Madame d'Albany): "Nada lembrava, nela, aquela época... Era uma mulherzinha cujo tamanho um pouco curvado sob seu peso havia perdido etc." para me sentir imediatamente invadido pela mais profunda melancolia. Nos romances, a intenção de fazer sofrer é tão visível no autor que nos retesamos um pouco mais.

** Podemos tentar fazer isso, por uma espécie de derivação, com livros que não são puramente imaginativos e (cont.)

fazia falta, não ter amado em vão, por uma hora, criaturas que amanhã seriam apenas um nome numa página esquecida, num livro sem relação com a vida e sobre o valor do qual estávamos bastante enganados, visto que seu quinhão neste mundo, compreendíamos agora e nossos pais nos informavam por meio de uma frase desdenhosa, não era absolutamente, como havíamos acreditado, conter o universo e a vida, mas ocupar um lugar bastante estreito na biblioteca do notário, entre as pompas sem prestígio do *Journal de Modes illustré* e da *Géographie d'Eure-et-Loir*...

...Antes de tentar mostrar, nesse preâmbulo a "Of Kings' Treasuries", por que a meu ver a Leitura não deve desempenhar na vida o papel preponderante que lhe atribui Ruskin nessa pequena

---

(continua) nos quais há um substrato histórico. Balzac, por exemplo, cuja obra de certo modo impura está permeada de espírito e de realidade pouquíssimo transformada, às vezes se presta singularmente a esse tipo de leitura. Ou ao menos ele encontrou o mais admirável desses "leitores históricos" no sr. Albert Sorel, que escreveu sobre *Um caso tenebroso* e sobre *O avesso da história contemporânea* ensaios incomparáveis. A leitura, de resto, esse prazer ao mesmo tempo ardente e ponderado, parece convir ao sr. Sorel, a esse espírito investigador, a esse corpo calmo e potente, a leitura, durante a qual mil sensações de poesia e de bem-estar confuso que alçam voo com alegria do fundo da boa saúde vêm compor em torno do devaneio do leitor um prazer doce e dourado como mel. Essa arte, aliás, de conter tantas meditações originais e fortes sobre a leitura, não foi apenas a respeito de obras semi-históricas que o sr. Sorel levou-a à perfeição. Sempre lembrarei – e com qual gratidão – que minha tradução de *The Bible of Amiens* foi objeto das páginas mais poderosas que talvez ele jamais escreveu.

obra, eu deveria excluir as encantadoras leituras da infância cuja lembrança deve perdurar em cada um de nós como uma bênção. Sem dúvida já tornei bastante evidente, pela extensão e pelo caráter do desenvolvimento que precede, o que adiantei a respeito delas: o que deixam em nós é sobretudo a imagem dos lugares e dos dias em que as fizemos. Não escapei a seu sortilégio: querendo falar sobre elas, falei de tudo menos dos livros, porque não foi deles que elas me falaram. Contudo, talvez as lembranças que elas foram me devolvendo uma após a outra tenham, elas próprias, sido despertadas no leitor e, pouco a pouco, demorando-se nesses caminhos floridos e tortuosos, o tenham levado a recriar em seu espírito o ato psicológico original chamado *Leitura*, com força suficiente para agora poder seguir, como dentro dele mesmo, as poucas reflexões que me restam a apresentar.

Sabe-se que "Of Kings' Treasuries" é uma conferência sobre a leitura que Ruskin proferiu no paço de Rusholme, perto de Manchester, no dia 6 de dezembro de 1864, para ajudar na criação de uma biblioteca no Instituto de Rusholme. No dia 14 de dezembro, ele pronunciou uma segunda, "Of Queens' Gardens", sobre o papel da mulher, para ajudar na fundação de escolas em Ancoats. "Ao longo de todo esse ano de 1864", diz o sr. Collingwood em seu admirável *Life and Work of Ruskin*, "ele permaneceu *at home*, salvo para fazer frequentes visitas a Carlyle. E quando, em dezembro, ministrou em Manchester as aulas que, sob o nome de *Sesame and Lilies*, tornaram-se sua obra mais popular*, podemos identificar seu melhor estado de saúde física e intelectual nas cores mais brilhantes de seu pensamento. Podemos reconhecer o eco de suas conversas com Carlyle no ideal heroico, aristocrático e estoico que propõe e na insistência com que volta ao valor dos livros e das bibliotecas públicas, sendo Carlyle o fundador da London Library..."

Para nós, que queremos apenas discuti-la em si mesma, sem nos preocuparmos com suas origens históricas, a tese de Ruskin pode ser resumida com bastante exatidão por essas palavras de Descartes: "A leitura de todos os bons livros é como uma conversa com as pessoas mais virtuosas dos séculos passados que foram seus autores". Ruskin talvez não tenha conhecido esse pensamento, aliás um pouco seco, do filósofo francês, mas é ele na realidade que encontramos em toda a sua conferência, envolto apenas num ouro apolíneo em que se dissipam as brumas inglesas,

---

* Essa obra foi posteriormente aumentada pelo acréscimo às duas primeiras conferências de uma terceira: *The Mystery of Life and its Arts*. As edições populares continuaram a conter apenas *Of Kings' Treasuries* e *Of Queens' Gardens*. Traduzimos apenas essas duas conferências, no presente volume, sem precedê-las de nenhum dos prefácios que Ruskin escreveu para *Sesame and Lilies*. As dimensões desse volume e a abundância de nosso próprio Comentário não nos permitiram mais que isso. Com exceção de quatro (pela Smith, Elder & Co.), as numerosas edições de *Sesame and Lilies* foram todas publicadas por George Allen, o ilustre editor de toda a obra de Ruskin, dono da Ruskin House.

semelhante àquele cuja glória ilumina as paisagens de seu pintor preferido. "Supondo", diz ele, "que temos a vontade e a inteligência de escolher bem nossos amigos, quão poucos de nós têm esse poder, quanto é limitada a esfera de nossas escolhas. Não podemos escolher quem gostaríamos de conhecer... Podemos, com boa sorte, vislumbrar um grande poeta e ouvir o som de sua voz, ou fazer uma pergunta a um homem de ciência que nos responderá com gentileza. Podemos usurpar dez minutos de conversa no gabinete de um ministro, ter uma vez na vida o privilégio de interceptar o olhar de uma rainha. E, no entanto, esses acasos fugidios são cobiçados por nós, gastamos nossos anos, nossas paixões e nossas capacidades em busca de um pouco menos que isso, ao passo que, enquanto isso, existe uma companhia que nos está continuamente aberta, de pessoas que nos falariam por tanto tempo quanto desejássemos, qualquer que seja nossa extração. E essa companhia, que de tão numerosa e tão doce podemos fazer esperar junto a nós um dia inteiro – reis e homens de Estado esperam pacientemente não para conceder uma audiência, mas para obtê-la –, nunca vamos procurá-la nessas antecâmaras mobiliadas com simplicidade que são as estantes de nossas bibliotecas, nunca ouvimos uma palavra do que elas teriam a nos dizer."* "Talvez me direis", acrescenta Ruskin, "que se preferis conversar com os vivos, é porque vedes seus rostos etc.", e refutando essa

---

* *Sesame and Lilies, Of Kings' Treasuries*, 6.

primeira objeção, depois uma segunda, ele mostra que a leitura é justamente uma conversa com homens muito mais sábios e mais interessantes do que aqueles que podemos ter a ocasião de conhecer a nosso redor. Tentei mostrar nas notas que acompanham esse volume que a leitura não poderia ser equiparada a uma conversa, mesmo que com o mais sábio dos homens; que a diferença essencial entre um livro e um amigo não é seu maior ou menor grau de sabedoria, mas a maneira pela qual nos comunicamos com eles; a leitura, ao contrário da conversação, consiste para cada um de nós em tomar conhecimento de um outro pensamento, mas estando sozinho, isto é, continuando a gozar da força intelectual de que usufruímos na solidão e que a conversa dissipa imediatamente, continuando a poder ser inspirados, a permanecer em pleno trabalho fecundo do espírito sobre ele mesmo. Se Ruskin inferisse as consequências de outras verdades que enunciou algumas páginas mais adiante, é provável que tivesse encontrado uma conclusão análoga à minha. Mas ele evidentemente não procurou ir ao cerne da ideia de *leitura*. Quis apenas, para nos ensinar o valor da leitura, contar-nos uma espécie de belo mito platônico, com a simplicidade dos gregos, que nos mostraram mais ou menos todas as ideias verdadeiras e deixaram aos escrúpulos modernos o cuidado de aprofundá-las. Todavia, se acredito que a leitura, em sua essência original, nesse milagre fecundo de uma comunicação em meio à solidão, é algo mais, algo diferente do que disse Ruskin, não acredito, contudo, que possamos reconhecer-lhe em nossa vida espiritual o papel preponderante que ele parece atribuir-lhe.

Os limites de seu papel decorrem da natureza de suas virtudes. E será de novo às leituras de infância que perguntarei em que consistem essas virtudes. Esse livro, que há pouco vocês me viram lendo diante do fogo, na sala de jantar, em meu quarto; sentado na poltrona coberta com um encosto de crochê e durante as belas horas da tarde, sob as aveleiras e os pilriteiros do parque, onde todos os sopros dos campos infinitos vinham de tão longe brincar silenciosamente a meu lado, oferecendo a minhas narinas distraídas, sem dizer palavra, o cheiro dos trevos e dos sanfenos para os quais meus olhos cansados erguiam-se às vezes, esse livro, cujo título vocês com seus olhos, debruçando-se sobre ele, não poderiam decifrar com vinte anos de distância, minha memória, cuja visão é mais apropriada para esse tipo de percepção, lhes dirá qual era: *O capitão Fracasso*, de Théophile Gautier. Eu amava acima de tudo duas ou três de suas frases que me pareciam as mais originais e mais belas da obra. Não imaginava que algum outro autor jamais tivesse escrito algo comparável. Porém, tinha a sensação de que sua beleza correspondia a uma realidade da qual Théophile Gautier deixava-nos apenas entrever, uma ou duas vezes por volume, uma pequena parcela. E como pensava que ele certamente a conhecia por inteiro, eu teria gostado de ler outros livros seus, em que todas as frases seriam tão belas quanto aquelas e teriam por objeto coisas sobre as quais eu teria desejado saber sua opinião. "O riso não é cruel por natureza; ele distingue o homem do animal, e é, assim como consta na *Odisseia* de Homero, poeta grego, o apanágio dos deuses imortais e bem-aventurados que riem olimpicamente até não mais poderem durante as horas vagas da eternidade."* Essa frase deixava-me num verdadeiro êxtase. Acreditava entrever uma antiguidade maravilhosa por meio desse medievo que Gautier era o único a poder me revelar. Mas teria gostado que, em vez de dizer isso furtivamente depois da tediosa descrição de um castelo, com grande número de termos que eu não conhecia e me

---

* Na verdade, essa frase não se encontra, ao menos sob essa forma, em *O capitão Fracasso*. Em vez de "assim como consta na *Odisseia* de Homero, poeta grego", há simplesmente "segundo Homero". Porém, como as expressões "consta em Homero", "consta na *Odisseia*", que se encontram em outras partes da mesma obra, davam-me um prazer do mesmo tipo, permiti-me, para que o exemplo ficasse mais evidente para o leitor, fundir todas essas maravilhas numa só, hoje que não sinto mais por elas, a bem dizer, um respeito religioso. Em mais de um lugar de *O capitão Fracasso* Homero é chamado de poeta grego, e não duvido que isso também me encantasse. No entanto, não sou mais capaz de retomar essas alegrias esquecidas com suficiente exatidão para ter certeza de que não exagerei e passei do limite ao acumular numa única frase tantas maravilhas! Mas creio que não. E penso, com pesar, que a exaltação com que eu repetia a frase de *O capitão Fracasso* aos íris e às pervincas pendentes na beira do rio, pisoteando as pedras da alameda, teria sido mais deliciosa ainda se eu conseguisse encontrar em uma única frase de Gautier tantos encantos quanto meu próprio artifício reúne hoje sem conseguir, infelizmente!, me proporcionar prazer algum.

impediam de imaginá-lo o mínimo que fosse, ele escrevesse ao longo de todo o volume frases desse tipo e me falasse de coisas que, uma vez terminado o livro, eu pudesse continuar conhecendo e amando. Teria gostado que ele, o único sábio detentor da verdade, me dissesse o que eu devia pensar ao certo de Shakespeare, de Saintine, de Sófocles, de Eurípides, de Silvio Pellico, que eu havia lido durante um mês de março muito frio, caminhando, batendo os pés, correndo pelos caminhos, a cada vez que acabava de fechar o livro, na exaltação da leitura concluída, das forças acumuladas na imobilidade e do vento salubre que soprava nas ruas da aldeia. Teria gostado sobretudo que me dissesse eu teria mais chances de chegar à verdade repetindo ou não o sexto ano e tornando-me mais tarde diplomata ou advogado na Cour de Cassation. No entanto, assim que a bela frase acabava, ele começava a descrever uma mesa coberta "com uma tal camada de poeira que um dedo poderia desenhar caracteres", coisa insignificante demais a meus olhos para que sequer chamasse minha atenção; e eu era obrigado a me perguntar que outros livros Gautier havia escrito que satisfizessem melhor minha aspiração e me fizessem finalmente conhecer seu pensamento por inteiro.

E esta é, com efeito, uma das grandes e maravilhosas características dos belos livros (que nos fará entender o papel ao mesmo tempo essencial e limitado que a leitura pode desempenhar em nossa vida espiritual), que para o autor poderiam se chamar "Conclusões" e, para o leitor, "Incitações".

Sentimos muito bem que nossa sabedoria começa onde a do autor acaba e gostaríamos que ele nos desse respostas, quando tudo o que pode fazer é nos dar desejos. E ele só pode despertar esses desejos em nós fazendo-nos contemplar a beleza suprema que o derradeiro esforço de sua arte permitiu-lhe alcançar. Mas por uma lei singular e aliás providencial da ótica dos espíritos (lei que talvez signifique que não podemos receber a verdade de ninguém e que devemos criá-la nós mesmos), aquilo que é o término de sua sabedoria parece-nos apenas o começo da nossa, de modo que é no momento em que disseram tudo o que podiam nos dizer que despertam em nós a sensação de que ainda não nos disseram nada. Ademais, além de fazermos perguntas às quais não podem responder, também pedimos respostas que não nos instruiriam. Ora, os poetas despertam em nós um efeito do amor quando nos fazem atribuir uma importância literal a coisas que para eles são significativas apenas de emoções pessoais. Em cada quadro que nos mostram parecem não nos dar mais que um leve apanhado de uma paisagem maravilhosa, diferente do resto do mundo, e no âmago do qual desejaríamos que nos fizessem penetrar. "Levem-nos", gostaríamos de poder dizer ao sr. Maeterlinck, a Madame de Noailles, "para o jardim de Zelândia onde crescem as flores antiquadas", para a estrada perfumada "de trevo e artemísia" e para todos os lugares da terra que vocês não mencionaram em seus livros, mas que julgam tão belos quanto aqueles.

Gostaríamos de ir ao campo que Millet (pois os pintores nos ensinam como os poetas) nos mostra em sua *Primavera*, gostaríamos que o sr. Claude Monet nos conduzisse a Giverny, nas margens do Sena, à curva do rio que ele mal nos deixa discernir através da névoa da manhã. Ora, na verdade, foram simples acasos de amizade ou parentesco, que, dando-lhes ocasião de passar ou hospedar-se nas cercanias, fizeram com que Madame de Noailles, Maeterlinck, Millet, Claude Monet escolhessem aquela estrada, aquele jardim, aquele campo, aquela curva do rio, e não outros. O que os faz parecerem-nos diferentes e mais belos que o resto do mundo é o fato de carregarem consigo, como um reflexo intangível, a impressão que causaram no gênio e que veríamos vagar tão singular e despótica na face indiferente e submissa de todas as regiões que ele pintaria. Essa aparência com a qual nos encantam e decepcionam, e para além da qual gostaríamos de ir, é a própria essência dessa coisa de certo modo sem consistência – miragem fixada numa tela – que constitui uma visão. E essa névoa que nossos olhos ávidos gostariam de atravessar é a palavra final da arte do pintor. O supremo esforço do escritor, como o do artista, consegue erguer apenas parcialmente o véu de feiura e insignificância que nos faz indiferentes ao universo. Nesse momento, ele nos diz:

> "Veja, veja,
> Perfumadas de trevo e artemísia,
> Cerrando seus velozes riachos estreitos
> As regiões do Aisne e do Oise."

"Veja a casa de Zelândia, rosa e brilhante como uma concha. Veja! Aprenda a enxergar!" E então desaparece. Este é o valor da leitura e também sua insuficiência. Fazer dela uma disciplina é atribuir um papel grande demais a algo que não passa de uma iniciação. A leitura está no limiar da vida espiritual; pode nela introduzir-nos, mas não a constitui.

Existem, porém, certos casos, certos casos patológicos, a bem dizer, de depressão espiritual, em que a leitura pode tornar-se uma espécie de disciplina curativa e estar encarregada, por meio de repetidas incitações, de constantemente reinserir aquele espírito indolente na vida espiritual. Os livros desempenham então, junto a ele, um papel análogo ao dos psicoterapeutas junto a certos neurastênicos.

Sabe-se que, em certas afecções do sistema nervoso, o doente, sem que nenhum de seus órgãos tenha sido atingido, fica mergulhado numa espécie de impossibilidade de querer, como num sulco profundo do qual não consegue sair sozinho e onde acabaria definhando se uma mão possante e prestativa não lhe fosse estendida. Seu cérebro, suas pernas, seus pulmões, seu estômago estão intactos. Ele não tem nenhuma incapacidade real de trabalhar, de caminhar, de expor-se ao frio, de comer. Mas essas diferentes ações, que seria perfeitamente capaz de realizar, ele é incapaz de querê-las. E um declínio orgânico, que acabará se tornando o equivalente das doenças que ele não tem, seria a consequência irremediável da inércia de sua vontade, se o impulso que ele não pode encontrar em si mesmo não lhe viesse de fora, de um médico que desejará por ele, até o dia em que seus diversos desejos orgânicos forem pouco a pouco reeducados. Ora, existem certos espíritos que poderíamos comparar a esses doentes e que uma espécie de preguiça* ou frivolidade impede de descer espontaneamente às regiões profundas de si mesmo onde começa a verdadeira vida espiritual. Não que uma vez conduzidos até ela não sejam capazes de descobrir e explorar suas verdadeiras riquezas, mas, sem essa intervenção estrangeira, eles vivem

---

* Sinto-a latente em Fontanes, de quem Sainte-Beuve disse: "Esse lado epicurista era bastante forte nele... sem esses hábitos um tanto carnais, Fontanes, com seu talento, teria produzido muito mais... e obras mais duradouras". Note-se que o impotente sempre afirma não o ser. Fontanes diz:
"Perco meu tempo, segundo eles,

> Que são a única honra do século."
> e garante trabalhar muito.

O caso de Coleridge já é mais patológico. "Não há homem de seu tempo, e talvez de qualquer tempo", diz Carpenter citado pelo sr. Ribot em seu belo livro sobre *As doenças da vontade*, "que tenha reunido mais que Coleridge a força do raciocínio do filósofo, a imaginação do poeta etc. E, no entanto, não há ninguém que, sendo dotado de talentos tão notáveis, tenha deles tirado tão pouco; o grande defeito de seu caráter era a falta de vontade para tornar seus dons naturais proveitosos, de tal modo que, sempre hesitante no espírito de projetos gigantescos, ele nunca tentou seriamente executar um único sequer. No início de sua carreira, por exemplo, encontrou um livreiro generoso que lhe prometeu trinta guinéus por poemas que ele havia recitado etc. Ele preferiu ir todas as semanas mendigar, sem fornecer uma única linha desse poema que lhe bastaria escrever para se libertar."

na superfície, num perpétuo esquecimento de si mesmos, numa espécie de passividade que os faz joguetes de todos os prazeres, reduzindo-os ao tamanho daqueles que os cercam e agitam, e, semelhantes ao fidalgo que, compartilhando desde a infância a vida dos ladrões das grandes estradas não se lembrava mais de seu nome por ter deixado há um tempo longo demais de usá-lo, eles acabariam por extinguir dentro de si todo senso e toda lembrança de sua nobreza espiritual se um impulso externo não viesse reinseri-los de certo modo à força na vida espiritual, em que subitamente recuperam a capacidade de pensar por si mesmos e de criar. Ora, é evidente que esse impulso que o espírito indolente não consegue encontrar em si mesmo e que precisa vir-lhe de outro deve ser recebido em meio à solidão, fora da qual, como vimos, não pode ocorrer essa atividade criadora que se trata justamente de ressuscitar dentro dele. Da simples solidão o espírito indolente nada poderia tirar, pois é incapaz de desencadear por si mesmo sua atividade criadora. Porém, tampouco a conversa mais elevada e os conselhos mais imperativos lhe serviriam de algo, pois não podem produzir diretamente essa atividade original. O que falta, portanto, é uma intervenção que, mesmo vinda de outro, ocorra no fundo de nós mesmos, um impulso de outro espírito, mas recebido em meio à solidão. Ora, vimos que essa é exatamente a definição da leitura e que somente à leitura ela convém. A única disciplina que pode exercer uma influência positiva sobre tais espíritos é, portanto, a leitura: como queríamos demonstrar, dizem os geômetras. Contudo, também aqui, a leitura age apenas à maneira de uma incitação que em nada pode substituir-se à nossa atividade pessoal; ela se contenta em devolver-nos seu uso, assim como, nas afecções nervosas às quais fizemos alusão há pouco, o psicoterapeuta não faz mais que restituir ao doente a vontade de fazer uso de seu estômago, de suas pernas, de seu cérebro, que continuam intactos. Aliás, seja porque todos os espíritos partilham mais ou menos dessa indolência, dessa estagnação nos níveis mais baixos, seja porque, sem ser-lhe necessária, a exaltação que decorre de certas leituras tem uma influência propícia sobre o trabalho pessoal, podemos citar mais de um escritor que gostava de ler um belo trecho antes de pôr-se a trabalhar. Emerson raramente começava a escrever sem antes reler algumas páginas de Platão. E Dante não é o único poeta que Virgílio teria conduzido às portas do paraíso.

Enquanto a leitura for para nós a iniciadora cujas chaves mágicas abrem no fundo de nós mesmos a porta de moradas em que não conseguiríamos penetrar, seu papel em nossa vida será salutar. Ela se torna perigosa, em contrapartida, quando, em vez de nos despertar para a vida pessoal do espírito, a leitura tende a se substituir a ela, quando a verdade não nos aparece mais como um ideal que só podemos realizar por meio do progresso íntimo de nosso pensamento e pelo esforço de nosso coração, mas como uma coisa material, depositada entre as folhas dos livros como um mel preparado pelos outros e que precisamos apenas dar-nos ao trabalho de alcançar nas estantes das bibliotecas e depois degustar passivamente num perfeito repouso do corpo e da mente. Às vezes, inclusive, em certos casos um pouco excepcionais, e, aliás, como veremos, menos perigosos, a verdade, concebida ainda como externa, está distante, escondida num lugar de difícil acesso. Ela é, nesse caso, algum documento secreto, alguma correspondência inédita, memórias que podem lançar sobre certos caracteres uma luz inesperada e sobre os quais é difícil de obter informação. Que felicidade, que repouso para um espírito cansado de procurar a verdade em si mesmo, pensar que ela está fora de si, nas páginas de um in-fólio ciosamente conservado em um convento na Holanda, e que apesar de ser preciso esforçar-se para chegar até ela, esse esforço será totalmente material, não será para o pensamento mais que um passatempo cheio de encanto. Sem dúvida, será preciso fazer uma longa viagem, atravessar de balsa as planícies sob o vento assobiante, enquanto na margem os juncos alternadamente se dobram e se endireitam, numa ondulação sem fim; será preciso parar em Dordrecht, que espelha sua igreja coberta de hera no encontro dos canais estagnados com o vibrante e dourado Mosa, onde os navios turvam, ao deslizar à noite, os reflexos alinhados dos telhados vermelhos e do céu azul; e por fim, chegando ao final da viagem, ainda não se terá a certeza de ser comunicado da verdade. Para isso, será preciso recorrer a poderosas influências, ligar-se ao venerável arcebispo de Utrecht, de belo rosto quadrado de antigo jansenista, ao piedoso guardião dos arquivos de Amersfoort. A conquista da verdade é concebida, nesse caso, como o sucesso de uma espécie de missão diplomática à qual não faltaram nem as dificuldades da viagem, nem as incertezas da negociação. Mas que importa? Todos esses membros da velha e pequena igreja de Utrecht, de cuja boa vontade depende nossa posse da verdade, são pessoas encantadoras cujos rostos do século XVII variam das figuras habituais e com quem será tão divertido manter relações, ao menos por correspondência. A estima cujo testemunho continuarão a nos enviar de tempos em tempos nos elevará a nossos próprios olhos, e guardaremos suas cartas como um certificado e como uma curiosidade. E não deixaremos, um dia, de dedicar-lhes um de nossos livros, o que de fato é o mínimo que podemos fazer por pessoas que nos presentearam com... a verdade. E quanto às poucas pesquisas, aos breves trabalhos que seremos obrigados a fazer na biblioteca do convento e que serão as preliminares indispensáveis para o ato de entrar na posse da verdade – da verdade que, por prudência e para que ela não corra o risco de nos escapar, colocaremos por escrito –, não teremos razão alguma de nos queixar dos sofrimentos que eles poderão nos trazer: a tranquilidade e o frescor do velho convento são tão notáveis, onde as religiosas ainda usam o alto chapéu cônico de abas brancas do Rogier Van der Weyden da recepção, e, enquanto trabalhamos, os carrilhões do século XVII perturbam tão suavemente a água cândida do canal, que um pouco de sol pálido basta para ofuscar, entre a dupla fileira de trêmulas árvores desfolhadas desde o fim do verão, os espelhos pendurados nas casas com frontões das duas margens.*

Essa concepção de uma verdade surda aos apelos da reflexão e dócil ao jogo das influências, de uma verdade que é obtida por cartas de recomendação, entregues em mãos por aquele que a detinha materialmente sem talvez sequer a conhecer, de uma verdade que se deixa copiar numa

---

* Não preciso dizer que seria inútil procurar por esse convento perto de Utrecht e que todo esse trecho é pura imaginação. No entanto, foi-me sugerido pelas seguintes linhas do sr. Léon Séché, em sua obra sobre Sainte-Beuve: "Ele [Sainte-Beuve] decidiu um dia, quando estava em Liège, entrar em contato com a pequena igreja de Utrecht. Era um pouco tarde, mas Utrecht ficava bem longe de Paris e não sei se *Volupté* teria bastado para lhe abrir os dois batentes dos arquivos de Amersfoort. Não tenho tanta certeza, pois, mesmo depois dos dois primeiros volumes de seu *Port-Royal*, o piedoso erudito que tinha então a guarda desses arquivos etc., foi difícil para Sainte-Beuve obter do bom sr. Karsten a permissão de abrir certas caixas... Abri a segunda edição de *Port-Royal* e vereis o reconhecimento que Sainte-Beuve demonstrou ao sr. Karsten" (Léon Séché, *Sainte-Beuve*, tomo I, p. 229 e ss). Quanto aos detalhes da viagem, todos se baseiam em impressões verídicas. Não sei se passamos por Dordrecht para ir a Utrecht, mas foi tal como a vi que descrevi Dordrecht. Não foi indo a Utrecht, mas a Volendam, que viajei de balsa por entre os juncos. O canal que situei em Utrecht fica em Delft. Vi no hospital de Beaune um Van der Weyden e religiosas de uma ordem vinda, creio eu, de Flandres, que ainda usam o mesmo chapéu, não de Rogier Van der Weyden, mas de outros quadros vistos na Holanda.

caderneta, essa concepção da verdade está, portanto, longe de ser a mais perigosa de todas. Pois com frequência para o historiador, e mesmo para o erudito, essa verdade que eles vão longe buscar dentro de um livro, a bem dizer é menos a verdade em si do que seu indício ou sua prova, deixando, consequentemente, o lugar para uma outra verdade que ela anuncia ou verifica e que, pelo menos, é uma criação individual de seus espíritos. Não se passa o mesmo com o letrado. Ele lê por ler, para reter o que leu. Para ele, o livro não é o anjo que alça voo assim que ele abriu as portas do jardim celeste, mas um ídolo imóvel, que ele adora em si mesmo, que, em vez de receber uma dignidade autêntica dos pensamentos que desperta, transmite uma dignidade fictícia a tudo que o cerca. O letrado evoca sorrindo a homenagem a tal nome que encontra em Villehardouin ou em Boccaccio*, a auspiciosidade de tal uso descrito em Virgílio. Seu espírito sem atividade original não sabe isolar nos livros a substância que poderia torná-lo mais forte;

---

* O esnobismo puro é mais inocente. Regozijar-se com a companhia de alguém porque ele teve um ancestral nas Cruzadas é vaidade; a inteligência nada tem a ver com isso. Porém, regozijar-se com a companhia de alguém porque o nome de seu avô aparece com frequência em Alfred de Vigny ou em Chateaubriand, ou (sedução realmente irresistível para mim, confesso) porque tem o brasão de sua família (trata-se de uma mulher muito digna de ser admirada sem isso) na grande roságea de Notre Dame d'Amiens, eis onde o pecado intelectual começa. Analisei-o, aliás, detidamente em outro lugar para insistir nele aqui, apesar de ainda ter muito a dizer a respeito.

ele se farta de sua forma intacta que, em vez de ser para ele um elemento assimilável, um princípio de vida, não passa de um corpo estranho, um princípio de morte. Desnecessário dizer que, se qualifico de prejudiciais esse gosto, essa espécie de respeito fetichista pelos livros, é em relação ao que seriam os hábitos ideais de um espírito sem defeitos, que não existe, como fazem os fisiologistas ao descrever um funcionamento normal de órgãos que nunca é encontrado nos seres vivos. Na realidade, ao contrário, visto que não existem espíritos perfeitos tanto quanto corpos inteiramente sadios, aqueles que chamamos de grandes espíritos sofrem, como os outros, dessa "doença literária". Mais que os outros, poderíamos dizer. O gosto pelos livros parece crescer com a inteligência, um pouco acima dela, mas no mesmo tronco, assim como toda paixão é acompanhada de uma predileção pelo que cerca seu objeto, pelo que se relaciona com ele e em cuja ausência ainda o comenta. Assim, os maiores escritores, nas horas em que não estão em comunicação direta com o pensamento, apreciam a companhia dos livros. Não foi principalmente para eles, de resto, que foram escritos? Não lhes desvendam mil belezas, que para o vulgo mantêm-se ocultas? Para dizer a verdade, o fato de que espíritos superiores sejam, como se diz, livrescos, não prova em absoluto que este não seja um defeito do ser. Porque os homens medíocres em geral são trabalhadores e os inteligentes, preguiçosos, não podemos concluir que o trabalho não é uma melhor disciplina para o espírito do que a preguiça. Contudo, encontrar em um grande homem um de nossos defeitos sempre nos leva a perguntar se, no fundo, não se tratava de uma qualidade incompreendida, e descobrimos não sem prazer que Hugo sabia Quinto Cúrcio, Tácito e Justino de cor, que era capaz, se contestassem na sua frente a legitimidade de um termo,* de estabelecer sua filiação, até a origem, com citações que provavam uma verdadeira erudição. (Mostrei, alhures, como essa erudição havia, nele, alimentado o gênio em vez de sufocá-lo, como um feixe de lenha que apaga um fogo pequeno e aumenta um grande.) Maeterlinck, que para nós é o oposto do letrado, cujo espírito está eternamente aberto às mil emoções anônimas comunicadas pela colmeia, pelo grama ou pela pastagem, tranquiliza-nos amplamente a respeito dos perigos da erudição, quase bibliofilia, quando nos descreve, como diletante, as gravuras que ornam uma velha edição de Jacob Cats ou do abade Sanderus. Esses perigos, aliás, quando existem, ameaçam muito menos a inteligência do que a sensibilidade, a capacidade de leitura proveitosa, se pudermos assim dizer, é muito maior nos pensadores do que nos escritores de imaginação. Schopenhauer, por exemplo, oferece-nos a imagem de um espírito cuja vitalidade suporta com leveza a mais vasta leitura, sendo cada novo conhecimento imediatamente reduzido à parte de realidade, à porção viva que ela contém.

---

* Paul Stapfer: *Souvenirs sur Victor Hugo*, publicado em *La Revue de Paris*.

Schopenhauer nunca apresenta uma opinião sem imediatamente apoiá-la em várias citações, mas percebemos que os textos citados não passam de exemplos, de alusões inconscientes e antecipadas nas quais ele gosta de encontrar alguns traços de seu próprio pensamento, mas que de modo algum o inspiraram. Recordo-me de uma página de *O mundo como vontade e como representação* em que há quem sabe vinte citações a fio. Trata-se do pessimismo (abrevio as citações, naturalmente): "Voltaire, no *Cândido*, combate o otimismo de maneira cômica; Byron o combateu, à sua maneira trágica, em *Caim*. Heródoto relata que os trácios saudavam o recém-nascido com gemidos e alegravam-se a cada morte. O que é expresso nos belos versos de Plutarco: *Lugere genitum, tanta qui intravit mala* etc. É a isso que se deve atribuir o costume dos mexicanos de desejar etc., e Swift obedecia ao mesmo sentimento quando tinha o costume, desde a juventude (a crer em seu biógrafo Walter Scott), de celebrar o dia do nascimento como um dia de aflição. Todos conhecem essa passagem da *Apologia de Sócrates*, em que Platão diz que a morte é um bem admirável. Uma máxima de Heráclito foi concebida da mesma forma: *Vitae nomen quidem est vita, opus autem mors.* Quanto aos belos versos de Teógnis, são muito conhecidos: *Optima sors homini non esse* etc. Sófocles, em *Édipo em Colono* (1224), faz o seguinte apanhado: *Natum non esse sortes vincit alias omnes* etc. Eurípides diz: *Omnis hominum vita est plena dolore* (*Hipólito*, 189). E Homero já havia dito: *Non enim*

quidquam alicubi est calamitosius homine omnium, quotquot super terram spirant etc. Além disso, Plínio também disse: *Nullum melius esse tempestiva morte*. Shakespeare coloca essas palavras na boca do velho rei Henrique IV: *O, if this were seen – The happiest youth, – Would shut the book and sit him down and die*. Byron diz finalmente: *This something better not to be*. Baltazar Gracián descreve a vida sob as cores mais negras no *Criticón* etc.".*
Mesmo se tivesse me deixado levar longe demais por Schopenhauer, teria sentido prazer em completar essa pequena demonstração com a ajuda dos *Aforismos para a sabedoria de vida*, que talvez seja, de todas as obras que conheço, a que supõe um autor com o maior número de leituras, o máximo de originalidade, tanto que no início desse livro, em que cada página encerra várias citações, Schopenhauer pôde escrever com a maior seriedade do mundo: "Compilar não me convém".

Sem dúvida, a amizade, a amizade que diz respeito aos indivíduos, é uma coisa frívola, e a leitura é uma amizade. No entanto, ao menos é uma amizade sincera, e o fato de se dirigir a um morto, a um ausente, confere-lhe certo desinteresse, quase comovente. Além disso, é uma amizade livre de tudo o que faz a fealdade das outras. Como todos nós, os vivos, não passamos de mortos que ainda não assumiram suas funções, todas as cortesias, todas as saudações de vestíbulo que chamamos de deferência, gratidão, devotamento

---

* Schopenhauer, *O mundo como vontade e como representação* (capítulo *Da vaidade e dos sofrimentos da vida*).

e às quais mesclamos tantas mentiras, são estéreis e cansativas. Além disso – desde as primeiras relações de simpatia, de admiração, de reconhecimento –, as primeiras palavras que pronunciamos, as primeiras palavras que escrevemos, tecem ao nosso redor os primeiros fios de uma teia de hábitos, de um verdadeiro modo de ser, do qual não podemos mais nos livrar nas amizades seguintes; sem contar que, durante esse tempo, as palavras excessivas que pronunciamos tornam-se como que letras de câmbio que devemos pagar, ou que pagaremos mais caro ainda por toda a nossa vida de remorso por tê-las deixado vencer. Na leitura, a amizade é subitamente devolvida à sua pureza original. Com os livros, não há amabilidades. Se passamos a noite com esses amigos, é realmente porque temos vontade de fazê-lo. Em todo caso, muitas vezes só os deixamos a contragosto. E, depois que os deixamos, não surgem esses pensamentos que estragam a amizade: o que pensaram de nós? Teremos tido pouco tato? Teremos agradado? E o medo de ser trocado por algum outro. Todas essas agitações da amizade dissipam-se às portas dessa amizade pura e calma que é a leitura. Tampouco há deferência; só rimos do que diz Molière na medida exata em que o achamos engraçado; quando ele nos entedia, não temos medo de parecer entediados e, quando definitivamente cansamos de estar com ele, nós o devolvemos a seu lugar tão bruscamente como se não tivesse nem gênio nem celebridade. A atmosfera dessa pura amizade é o silêncio, mais puro que a palavra. Ora, falamos para os outros, mas calamos para nós mesmos. O silêncio tampouco carrega, como a palavra, a marca de nossas faltas, de nossos fingimentos. Ele é puro, ele é realmente uma atmosfera. Entre o pensamento do autor e o nosso, ele não interpõe os elementos irredutíveis, refratários ao pensamento, de nossos egoísmos diversos. A própria linguagem do livro é pura (se o livro merece esse nome), tornada transparente pelo pensamento do autor, que dele retirou tudo o que não lhe era próprio até torná-lo sua imagem fiel; cada frase, no fundo, assemelha-se às outras, pois todas são ditas pela inflexão única de uma personalidade; daí uma espécie de continuidade, que as relações da vida e o número de elementos estranhos que elas misturam ao pensamento excluem e que permite rapidamente seguir a mesma linha de pensamentos do autor, os traços de sua fisionomia que se refletem nesse sereno espelho. Sabemos apreciar sucessivamente os traços de cada um sem que precisem ser admiráveis, pois é um grande prazer para o espírito reconhecer esses retratos profundos e gostar deles com uma amizade sem egoísmo, sem frases, como em si mesmos. Um Gautier, simples bom rapaz cheio de apetite (diverte-nos pensar que pôde ser considerado o representante da perfeição na arte), agrada-nos assim. Não exageramos seu poder espiritual, e na *Viagem à Espanha*, em que cada frase, sem que ele perceba, acentua e prolonga o toque cheio de graça e alegria de sua personalidade (as palavras se arranjam sozinhas para desenhá-la, porque foi ela que as escolheu e colocou em ordem), não conseguimos deixar de considerar bastante afastada da arte verdadeira essa obrigação, à qual ele acredita dever se sujeitar, de não deixar um único aspecto sem ser descrito por inteiro, acompanhado de uma comparação que, não tendo nascido de nenhuma impressão agradável e forte, não nos entusiasma absolutamente. Resta-nos apenas denunciar a lamentável aridez de sua imaginação quando ele compara o campo com suas culturas variadas "a esses cartões de alfaiate onde são coladas as amostras de calças e coletes" e quando ele diz que de Paris a Angoulême não há nada a ser admirado. E sorrimos desse gótico fervoroso que não se deu nem ao trabalho de ir a Chartres visitar a catedral.*

Mas que bom humor, que sabor!, como seguimos de bom grado em suas aventuras esse companheiro cheio de entusiasmo; ele é tão simpático que tudo em volta dele assim se torna. E após os vários dias que passou ao lado do comandante Lebarbier de Tinan, retido pela tempestade a bordo de seu belo navio "cintilante como o ouro", ficamos tristes que ele não diga mais nenhuma palavra sobre esse amável marinheiro e o abandone para sempre sem nos informar o que houve com ele.** Percebemos que sua alegria exagerada e suas

---

* "Lamento ter passado por Chartres sem ter conseguido ver a catedral." (*Voyage en Espagne*, p. 2).

** Ele se tornou, disseram-me, o célebre almirante De Tinan, pai da sra. Pochet de Tinan, cujo nome foi caro aos artistas, e avô do brilhante capitão de cavalaria – foi ele também, creio, que diante de Gaeta garantiu por certo tempo o abastecimento e as comunicações entre Francisco II e a rainha de Nápoles. Ver Pierre de la Gorce, *Histoire du second Empire*.

melancolias também são hábitos um pouco desleixados de jornalista. Mesmo assim, perdoamos-lhe tudo isso, fazemos o que ele quer, divertimo-nos quando ele volta molhado até os ossos, morrendo de fome e de sono, e nos entristecemos quando ele recapitula com uma tristeza de folhetinista os nomes dos homens de sua geração mortos antes da hora. Dissemos a seu respeito que suas frases desenhavam sua fisionomia, sem que ele percebesse; ora, se as palavras são escolhidas, não por nosso pensamento segundo as afinidades de sua essência, mas por nosso desejo de nos retratarmos, ele representa esse desejo e não nos representa. Fromentin, Musset, apesar de todos os seus dons, porque quiseram deixar seu retrato para a posteridade, pintaram-no bastante medíocre; continuam nos interessando enormemente, ainda assim, porque seu fracasso é instrutivo. Desse modo, quando um livro não é o espelho de uma individualidade poderosa, ele ainda é o espelho de curiosos defeitos do espírito. Debruçados sobre um livro de Fromentin ou sobre um livro de Musset, percebemos no fundo do primeiro o que há de limitado e tolo em certa "distinção"; no fundo do segundo, o que há de vazio na eloquência.

Se o gosto pelos livros aumenta com a inteligência, seus perigos, como vimos, diminuem com ela. Um espírito original sabe subordinar a leitura à sua atividade pessoal. Ela não passa para ele da mais nobre das distrações, a mais enobrecedora, principalmente, já que somente a leitura e o saber proporcionam as "belas maneiras" do espírito. Só podemos desenvolver a força de nossa sensibilidade e de nossa inteligência em nós mesmos, nas profundezas de nossa vida espiritual. Contudo, é nesse contrato com os outros espíritos, que constitui a leitura, que se dá a educação das "maneiras" do espírito. Os letrados continuam sendo, apesar de tudo, as pessoas de qualidade de inteligência, e ignorar certo livro, certa particularidade da ciência literária, será para sempre, mesmo para um homem de gênio, uma marca de pequenez intelectual. A distinção e a nobreza consistem, também na ordem do pensamento, numa espécie de franco-maçonaria de usos e numa herança de tradições.*

Rapidamente, nesse gosto e nessa distração de ler, a preferência dos grandes escritores vai para os livros dos antigos. Os mesmos que pareciam a seus contemporâneos os mais "românticos" só liam os clássicos. Nas conversas de Victor Hugo, quando ele fala de suas leituras, são os nomes de Molière, Horácio, Ovídio, Regnard que retornam com mais frequência. Alphonse Daudet, o menos livresco dos escritores, cuja obra repleta de modernidade e vida parece ter rejeitado toda a herança clássica, lia, citava, comentava constantemente

---

* A verdadeira distinção, de resto, finge sempre só se dirigir a pessoas distintas que conhecem os mesmos usos e ela não "explica". Um livro de Anatole France subentende uma quantidade de conhecimentos eruditos, encerra infinitas alusões que o vulgo não percebe e que constituem, além de outras belezas, sua incomparável nobreza.

Pascal, Montaigne, Diderot, Tácito.* Poderíamos quase chegar a dizer, quem sabe renovando, com essa interpretação aliás bastante parcial, a velha distinção entre clássicos e românticos, que os públicos (os públicos inteligentes, é claro) é que são românticos; os mestres (mesmo os mestres ditos românticos, os mestres preferidos dos públicos românticos) são clássicos. (Observação que poderia estender-se a todas as artes. O público vai ouvir a música do sr. Vincent d'Indy, o sr. Vincent d'Indy relê a de Monsigny.** O público vai às

---

* É por isso que muitas vezes, quando um grande escritor faz crítica, ele fala muito das edições de obras antigas e muito pouco dos livros contemporâneos. Por exemplo, os *Lundis*, de Sainte-Beuve, e a *Vie littéraire*, de Anatole France. Porém, enquanto o sr. Anatole France julga maravilhosamente seus contemporâneos, podemos dizer que Sainte-Beuve repudiou todos os grandes escritores de seu tempo. E não venham dizer que estava ofuscado por ódios pessoais. Depois de ter rebaixado incrivelmente o romancista em Stendhal, ele celebrou, à guisa de compensação, a modéstia, a delicadeza do homem, como se não tivesse mais nada de favorável a dizer! Essa cegueira de Sainte-Beuve, em relação à sua época, contrasta singularmente com suas pretensões à clarividência, à presciência. "Todo mundo é capaz", diz ele em *Chateaubriand et son groupe littéraire*, "de se pronunciar a respeito de Racine e Bossuet... Mas a sagacidade do juiz, a perspicácia do crítico, prova-se principalmente a respeito de relatos novos, ainda não testados pelo público. Julgar à primeira vista, adivinhar, antecipar, eis o dom crítico. Quão poucos o possuem."

** E, reciprocamente, os clássicos não têm melhores comentadores que os "românticos". De fato, somente os românticos sabem ler as obras clássicas, porque as leem como foram escritas, romanticamente; porque, para ler com propriedade um poeta ou um prosador, é preciso ser não um erudito, mas um poeta ou um prosador. Isso é verdade para as obras menos (cont.)

exposições do sr. Vuillard e do sr. Maurice Denis, enquanto estes vão ao Louvre.) Isso se deve ao fato de que esse pensamento contemporâneo, que os escritores e os artistas originais tornam acessível e atraente ao público, faz tanto parte deles mesmos, de certo modo, que um pensamento diferente os diverte mais. Este exige, para que se dirijam a ele, mais esforço, e também lhes dá mais prazer; sempre gostamos de sair um pouco de nós mesmos, de viajar, quando lemos.

Todavia, existe uma outra causa à qual prefiro atribuir, para encerrar, essa predileção dos grandes espíritos pelas obras antigas.* É que para nós elas não têm, como as obras contemporâneas,

---

(continua) "românticas". Os belos versos de Boileau não nos foram recomendados pelos professores de retórica, mas por Victor Hugo:

> *Et dans quatre mouchoirs de sa beauté salis*
> *Envoie au blanchisseur ses roses et ses lys.*

Pelo sr. Anatole France:

> *L'ignorance et l'erreur à ses naissantes pièces*
> *En habits de marquis, en robes de comtesses.*

O último número de *La Renaissance latine* (15 de maio de 1905) permite-me, no momento em que corrijo estas provas, estender, com um novo exemplo, essa observação às belas artes. Ela nos mostra, de fato, no sr. Rodin (artigo do sr. Mauclair), o verdadeiro comentador da estatuária grega.

* Predileção que eles mesmos costumam considerar fortuita; eles supõem que os mais belos livros por acaso foram escritos pelos autores antigos; sem dúvida isso pode acontecer, pois os livros antigos que lemos foram escolhidos no passado inteiro, tão vasto diante da época contemporânea. Mas uma razão de certo modo acidental não pode ser suficiente para explicar uma atitude de espírito tão geral.

apenas a beleza que nelas soube colocar o espírito que as criou. Elas recebem outra, mais comovente ainda, de que sua própria substância, quero dizer a língua em que foram escritas, é como um espelho da vida. Um pouco da felicidade que sentimos ao passear por uma cidade como Beaune, que conserva intacto seu hospital do século XV, com seu poço, seu lavadouro, sua abóbada de madeira apainelada e pintada, seu teto de altos frontões com lucarnas coroadas por leves arremates em chumbo martelado (todas as coisas que uma época, ao desaparecer, como que esqueceu ali, todas as coisas que eram só suas, pois nenhuma das épocas que a seguiu viu nascer iguais), sentimos ao passear por uma tragédia de Racine ou um volume de Saint-Simon. Ora eles contêm todas as belas formas de linguagem abolidas que conservam a lembrança de usos ou de maneiras de sentir que não existem mais, vestígios persistentes do passado aos quais nada do presente se assemelha e cujas cores o tempo, ao passar por eles, pôde apenas embelezar ainda mais.

Uma tragédia de Racine, um volume das memórias de Saint-Simon evocam belezas que não se fazem mais. A linguagem em que foram esculpidos por grandes artistas, com uma liberdade que faz cintilar sua delicadeza e destaca sua força inata, comove-nos como a visão de certos mármores, hoje inusitados, que os artesãos de antigamente utilizavam. Nesses velhos edifícios, a pedra guardou com fidelidade o pensamento do escultor, mas também, graças ao escultor, a pedra, de um tipo hoje desconhecido, foi-nos conservada, revestida de todas as cores que ele soube dela tirar, ressaltar, harmonizar. É de fato a sintaxe viva na França do século XVII – e, nela, costumes e um modo de pensar desaparecidos – que gostamos de encontrar nos versos de Racine. São as próprias formas dessa sintaxe, desnudadas, respeitadas, embelezadas por seu cinzel tão franco e delicado, que nos comovem nesses modos de falar familiares mesmo na singularidade e na audácia*, cujo

---

* Acredito, por exemplo, que o encanto que se costuma encontrar nesses versos de *Andromaque*:
Por que assassiná-lo? O que ele fez? A título de quê?
Quem te disse?
vem justamente do fato de que o laço habitual da sintaxe é voluntariamente rompido. "A título de quê?" refere-se, não ao "O que ele fez?" que o precede, mas ao "Por que assassiná-lo?". E o "Quem te disse" também se refere ao "assassinar". (Podemos, lembrando outro verso de *Andromaque*, "Quem vos disse, Senhor, que ele me despreza?", supor que o "Quem te disse?" é de "Quem te disse para assassiná-lo?"). Zigue-zagues da expressão (a linha recorrente e segmentada de que falo acima), que não deixam de obscurecer um pouco o sentido, tanto que ouvi uma grande atriz, mais preocupada com a clareza do discurso do que com a exatidão da prosódia, dizer categoricamente: "Por que assassiná-lo? A título de quê? O que ele fez?". Os mais célebres versos de Racine o são, na verdade, porque encantam por certa audácia familiar de linguagem lançada como uma ponte original entre duas margens de suavidade. "Eu te amava inconstante, *o que teria feito*, fiel?". E que prazer causa o belo encontro com essas expressões cuja simplicidade quase comum dá ao sentido, como a certos rostos de Mantegna, uma plenitude tão doce, cores tão belas:
Et dans un fol amour ma jeunesse embarquée...
Réunissons trois couers qui n'ont pu s'accorder. (cont.)

desenho brusco vemos, nos fragmentos mais suaves e mais delicados, passar como um traço rápido ou voltar atrás em belas linhas segmentadas. São essas formas extintas, tomadas diretamente da vida do passado, que vamos visitar na obra de Racine como uma cidade antiga que se conserva intacta. Experimentamos diante delas a mesma emoção sentida diante das formas também desaparecidas da arquitetura, que agora só podemos admirar nos raros e magníficos exemplares que nos legou o passado que as fabricou: como as velhas muralhas das cidades, os torreões e as torres,

(continua) E é por isso que convém ler os escritores clássicos na íntegra, e não se contentar com fragmentos escolhidos. As páginas ilustres dos escritores são, com frequência, as que têm essa contextura íntima de sua linguagem dissimulada pela beleza, de caráter quase universal, do fragmento. Não creio que a essência particular da música de Gluck se revelasse mais em tal ária sublime do que em tal cadência de seus recitativos, em que a harmonia é como o próprio som da voz de seu gênio quando recai numa entoação involuntária na qual é marcada toda a sua gravidade ingênua e sua distinção cada vez que a ouvimos, por assim dizer, tomar fôlego. Quem viu fotografias de São Marcos em Veneza pode acreditar (e falo apenas do exterior do monumento) que tem uma ideia dessa igreja com cúpulas, ao passo que é somente ao nos aproximarmos, até podermos tocar com a mão, da cortina matizada dessas colunas graciosas, é somente ao vermos o poder estranho e grave que enrosca folhas ou empoleira pássaros nesses capitéis que só podemos ver de perto, é somente ao termos na própria praça a impressão desse monumento baixo, ao longo de toda a fachada, com seus mastros floridos e sua decoração de festa, seu aspecto de "palácio de exposição", que sentimos eclodir nesses traços significativos, mas acessórios, que nenhuma fotografia pode captar, sua verdadeira e complexa individualidade.

os batistérios das igrejas; como ao lado do claustro, ou sob o ossário do adro, o pequeno cemitério que esquece ao sol, sob suas borboletas e flores, a fonte funerária e a lanterna dos mortos.

Muito mais que isso, não são apenas as frases que desenham aos nossos olhos as formas da alma antiga. Entre as frases – e penso em livros muito antigos que a princípio eram recitados –, no intervalo que as separa, ainda hoje existe, como num hipogeu inviolado, preenchendo os interstícios, um silêncio muitas vezes centenário. Seguidamente no Evangelho de São Lucas, ao encontrar os *dois pontos* que o interrompem antes de cada um dos fragmentos quase na forma de cânticos que o permeiam*, ouvi o silêncio do fiel, que parava sua leitura em voz alta para entoar os versículos seguintes** como um salmo que lhe lembrava os salmos mais antigos da Bíblia. Esse silêncio ainda preenchia a pausa da frase que, tendo-se cindido para contê-lo, havia conservado sua forma;

---

* E Maria disse: Minha alma exalta o Senhor e se regozija em Deus, meu Salvador etc. Zacarias, seu pai, foi tomado pelo Santo Espírito e profetizou nessas palavras: *Bendito seja o Senhor, o Deus de Israel por aquilo que redimiu* etc. Ele a recebeu em seus braços, bendisse Deus e disse: *Agora, Senhor, deixai vosso servo ir em paz...*

** Para falar a verdade, nenhum testemunho positivo permite-me afirmar que nessas leituras o recitante cantava as espécies de salmos que São Lucas introduziu em seu evangelho. Contudo, parece-me que isso pode ser suficientemente deduzido de diferentes passagens de Renan, em especial de seu *São Paulo*, p. 257 e ss.; *Os apóstolos*, p. 99 e 100; *Marco Aurélio*, p. 502, 503 etc.

e mais de uma vez, enquanto lia, ele me trouxe o perfume de uma rosa que a brisa, entrando pela janela aberta, havia espalhado pelo alto salão onde se reuniam os fiéis e que não se dissipava havia dezessete séculos.

Quantas vezes, na *Divina Comédia*, em Shakespeare, tive essa impressão de ter à minha frente, inserido na hora presente, atual, um pouco do passado, essa impressão de sonho que sentimos em Veneza na Piazzetta, diante das duas colunas de granito cinza e rosa que carregam, em seus capitéis gregos, uma o leão de São Marcos, a outra, São Teodoro pisando no crocodilo – belezas estrangeiras vindas do Oriente por mar, que elas contemplam ao longe e que vêm morrer a seus pés, e belezas que, sem compreender as palavras trocadas à sua volta em uma língua que não é a de seu país, naquela praça pública onde seus sorrisos distraídos ainda brilham, continuam a carregar no meio de nós seus dias do século XII, que entremeiam os nossos dias. Sim, em plena praça pública, em meio ao dia cujo império ele interrompe naquele exato lugar, um pedaço do século XII, do século XII há tanto decorrido, ergue-se num duplo rompante de granito rosa. Ao redor, os dias que vivemos passam, aceleram-se rumorejando em torno das colunas, mas ali, bruscamente, eles se detêm, fogem como abelhas repelidas; ora, aqueles altos e finos enclaves do passado não estão no presente, mas em outro tempo no qual o presente está proibido de penetrar. Ao redor das colunas rosas, apontando para seus largos capitéis, os dias atuais aceleram-se e rumorejam. Porém, interpostas entre eles, elas os afastam, reservando com toda a sua pequena espessura um lugar ao Passado – ao Passado que surge naturalmente no presente, com a cor um pouco irreal das coisas que uma espécie de ilusão nos faz ver a poucos passos e que, na verdade, estão há séculos de distância; dirigindo-se em toda a sua aparência, de modo um pouco direto demais, ao espírito, exaltando-o como um espectro de um tempo sepultado com o qual não nos espantaríamos; mesmo assim ali, no meio de nós, próximo, tangível, palpável, imóvel, ao sol.

Céleste Albaret[*]:
o tempo reencontrado
Sonia Nolasco-Ferreira[**]

Uma entrevista exclusiva com a governanta de Marcel Proust durante os últimos dez anos de vida do escritor, quando escreveu sua obra-prima.

UMA CASA BRANCA, MODESTA. Jardim florido, árvores. Uma velha dama, 87 anos, alta, ainda elegante e ereta, sorriso doce, olhar inteligente e penetrante por trás dos óculos de aros fininhos. Vestido preto, um anel de opala no dedo. "Foi do alfinete de gravata dele". Uma senhora como tantas outras, de Méré (vilarejo de Montfort-L'Amory, município a 50 quilômetros de Paris), que se aposentou e hoje vive de recordações. Ela lembra com tal riqueza de detalhes aqueles anos passados depressa demais, com tal carinho as frases dele, que a ausência se faz presença, quase podemos vê-lo entrar, a camélia branca na lapela, os olhos sonhadores, "Minha querida, como estou cansado. Hoje não foi uma noite proveitosa".

Teria sido este um grande amor jamais confessado? Ela sorri, compreensiva: "Não, foi mais do que isso. Um entendimento mútuo, uma harmonia perfeita". Ela, Céleste Albaret, camponesa sem

---

[*] Céleste Albaret (1891-1984) (N.E.)
[**] Sonia Nolasco-Ferreira é jornalista e foi correspondente internacional com base em Nova York. Entrevista publicada originalmente na *Revista 80*, no inverno de 1983. (N.E.)

cultura, ocupada demais com o trabalho doméstico, nunca teve tempo para ler o que o patrão escrevia noites adentro, naquele quarto sombrio de janelas fechadas. Ele era Marcel Proust.

A grande aventura de Céleste Geneste começou em 1913, quando tinha 22 anos e deixou sua cidadezinha natal no vale da Lozère, sul da França, casada com um velho amigo da família, Odilon Albaret, motorista de táxi em Paris. Um dos telegramas de felicitações era de um certo monsieur Proust, "Meu melhor cliente", explicou Odilon, contando que ficava à disposição desse cavalheiro excêntrico que sempre o chamava a horas incríveis para conduzi-lo a alguma recepção elegante, esperá-lo na porta a noite toda e levá-lo de volta para casa. Era rico, generoso, um gentleman. Vivia de rendas. Quando o jovem casal foi se instalar em Paris e Odilon contou a Proust que a esposa se aborrecia sozinha o dia inteiro, o patrão sugeriu que viesse trabalhar para ele, levando cartas e trazendo respostas (costume da época) e entregando em mãos exemplares autografados de seu livro recém-lançado *Du côté de chez Swann*.

Em seguida veio a guerra, o *valet de chambre* de Proust, Nicolas Cottin, foi convocado. A mulher dele, Céline, cozinheira e governanta, ficou doente, saiu, voltou insuportável e foi demitida. Pouco depois Odilon também partia para a guerra. Os salões de Paris se esvaziaram, as ruas ficaram desertas. O cavalheiro extravagante quase não mais saía de casa, tinha crises de asma, escrevia sem parar a noite inteira.

Pouco a pouco ele e Céleste ficaram amigos, ela se tornou sua confidente. Mais que empregada doméstica, era com ela que ele falava de sua obra, das pessoas que via, de seu passado feliz, do futuro que já sabia curto. Foram quase dez anos de entendimento carinhoso, longas conversas, de apoio mútuo nas horas difíceis.

Acabada a guerra, Proust voltou aos salões, mas as crises de asma pioraram, a fiel governanta tornou-se enfermeira indispensável, ouvinte atenta e maravilhada do mundo mágico que ele sabia tão bem transmitir.

"Céleste, ninguém me conhece como você", dizia Proust. "A você eu confesso, você sabe tudo de mim. São suas belas mãos que vão fechar os meus olhos."

Sábado, 18 de novembro de 1922, às quatro e meia da tarde. "Quando a vida acabou para ele, acabou para mim também", disse Céleste. Desde esse dia ela passou a viver de recordações. Em abril de 1923, Odilon comprou um pequeno hotel na rue des Canettes, no coração do Quartier Latin. Afinal era preciso deixar aquela casa tão triste, onde não havia mais a presença magnética do patrão. O hotel logo virou refúgio de proustianos que iam até morar ali, só para conversar com Céleste, viver um pouco através dela a atmosfera em que o romancista escreveu a grande obra da literatura francesa, uma das maiores do século.

"Mas a maioria era gente vulgar", diz Céleste. "Depois de ter vivido num mundo maravilhoso eu não sabia mais me adaptar às pessoas comuns."

E passou a se ocupar do Museu Maurice Ravel, em Montfort L'Amory, onde pouco ou nada falava do compositor aos viajantes, preferia contar à plateia como tinha sido a vida de *Monsieur* Proust. Há cerca de seis anos, já viúva, se dizendo cansada de escutar e ler o que ela chama de "calúnias, infâmias, observações maldosas" sobre a vida pessoal de seu ídolo, depois de recusar durante mais de cinquenta anos jornalistas, biógrafos e escritores, Céleste resolveu publicar sua própria verdade. Durante seis meses e setenta horas de gravador ela contou suas memórias a George Belmont, que escreveu *Monsieur Proust*, 450 páginas, Edições Laffont, Paris. E retirou-se para sua casinha de Méré, presente da filha, esperando a hora de partir também. Como seu mestre, ela acha que o livro precisava ser escrito, e aí está, pronto para o mundo.

"Agora já posso morrer."

Céleste Albaret continua hostil a jornalistas. É preciso visitá-la como amigo, ou melhor, admirador de Marcel Proust, e conhecedor de sua obra, que ela agora já leu. Céleste mal fala dela mesma. Insiste em que nada tem a dizer que não seja parte de sua vida, naqueles últimos dez anos do escritor, os mais produtivos que ele teve, quando terminou *À la recherche du temps perdu*. Céleste se refugia nesse tempo há cinquenta anos, sua memória é fresca, viva, percebe-se que ela lembra de tudo como se aquele dia há sessenta anos tivesse sido ontem. A mocinha tímida recém-chegada a Paris entra na casa do *grand seigneur* misterioso. Mas não foi com sua camélia branca na lapela do terno de veludo que ele a recebeu.

"Veio à cozinha me ver", conta Céleste. "Parecia bem mais jovem do que era. Bonito, sim. Magro, de porte elegante. Pele branca, transparente, e dentes extremamente brancos. Cabelos pretos, nem um fio branco até a morte. A mecha que se fazia sempre sozinha, caindo na testa. Maneiras finas, nobres, e, coisa curiosa, uma espécie de calma contida que notei outras vezes nos asmáticos, como se fosse uma forma de economizar o fôlego. Minha impressão primeira foi de medo. Vi logo que era superior aos outros. E foram depois escrever que ele se maquiava, que absurdo. Eu teria sabido, teria visto as coisas no quarto dele, teria sido obrigada a comprar os produtos. Eu administrava tudo naquela casa."

No princípio eram apenas os livros a distribuir, que Nicolas Cottin embrulhava de seu jeito especial, papel rosa para as senhoras, azul para os homens. Céleste levava cartas, entregava livros, trazia respostas, voltava para a casa. Quase nunca via o patrão. Com a doença de Céline Cottin, um dia Nicolas veio dizer que monsieur Proust precisaria dela para levar o café da manhã no quarto. Céleste não deveria esquecer um só detalhe.

"Ele repetiu várias vezes como eu deveria entrar no quarto do fundo do corredor. Não bater, entrar diretamente, deixar a bandeja e sair. Nunca dizer nada, nada, a não ser para responder a alguma pergunta. Entrei devagar com a xícara de café com leite e dois croissants. O quarto estava envolto numa fumaça tão espessa que se poderia cortar à faca. Nicolas havia me prevenido que algumas vezes, ao acordar, M. Proust queimava um pó de fumigação, porque sofria terrivelmente de asma. O quarto era imenso, e no entanto não havia um espaço vazio de fumaça. A lâmpada de cabeceira dava uma luz verde. Vi então uma grande cama de cobre, a barra de um lençol branco, cheio de luz verde. De monsieur Proust não se distinguia nada a não ser a camisa branca sob casacos de tricô de lã e o alto do corpo apoiado sobre os travesseiros. O resto estava perdido na neblina da fumigação e na sombra. De vivo, só os olhos dele, fixos em mim; eu os sentia mais do que via."

Ficou a impressão de um quarto sombrio de cortinas fechadas bem no meio do dia, a fumaça, os olhos dominadores. Pouco tempo depois, Nicolas e Odilon mobilizados pela guerra, Céleste penetrou nesse mundo diferente do seu e passou a 'viver ao contrário', como dizia, servindo café da manhã às 4 da tarde, ou até às 6, se a crise de asma fosse forte e a fumigação durasse mais tempo. Esperava o patrão chegar de alguma festa não importa a que horas da noite, quando ele começava então a trabalhar. Céleste não sabia que se tratava de um livro tão importante.

"Meu gênero de leitura era *Os Três Mosqueteiros*, e quando eu podia ler. Preferia costurar, bordar."

O café de Proust tinha que ser especial, marca e filtro Corcellet, comprados numa torrefação especial. Que ela não ousasse mudar nada desse ritual: o café filtrando devagar, gota a gota quando a campainha tocasse, tinha que estar pronto, fresco e cheiroso. O creme de leite chegava fresco toda a manhã, e com ele sobre o café, um ou dois croissants, Céleste da cozinha ensolarada para o quarto do fundo da vida. Na maior parte do tempo Proust não comia, ciscava um peixe, galinha, nunca ia à cozinha saber de coisa alguma, não falava com ninguém, saía pouco. E escrevia. Religiosamente, toda noite, noite adentro, escrevia.

Até que veio a famosa última viagem a Cabourg, onde Proust costumava passar o verão. Céleste se lembra dela com carinho.

"Ah, as bobagens que levamos. Uma grande mala, velha, muito viajada, só para os manuscritos, que ele sempre carregava para onde fosse a viagem. A mais preciosa. Um baú imenso com roupas, casacos de tricô de lã. E como ele se trocava todos os dias e se agasalhava mesmo no verão, imagine o tamanho do baú. Levamos também cobertores porque, dizia ele, os do hotel cheiravam a naftalina. Depois vinha todo o equipamento farmacêutico para tratar da asma. Me lembro de nossa chegada ao Grand Hotel, onde ele ocupou o mesmo quarto de sempre, o 137, e onde todos fizeram a maior festa com sua chegada. Era admirado, estimado, muito querido. Ocupávamos ao todo (levamos um *valet de chambre* temporário, Ernesto, que era sueco) três quartos no último andar, todos com sacada para o mar. Acima dos quartos havia um terraço que ficou interditado durante nossa estada porque M. Proust tinha horror de escutar pessoas andando em cima da cabeça dele. Fiquei no quarto ao lado, quando ele precisava de mim bastava bater na parede, como fazia a avó no tempo em que vinham juntos, tal como está contado no livro "*Sodoma e Gomorra*"; ele me disse que assim estava.

"Foi nessa viagem que começamos a conversar mais. Às vezes passeando no terraço, outras almoçando no quarto. Ele aboliu então o respeitoso madame e passou a me chamar de "Céleste". Começou a me falar do passado, da infância, dos verões em que vinha a Cabourg com a avó ou os pais para tratar da asma e, mais tarde, porque ali vinham grandes amigos de Paris, madame Straus, viúva do compositor Georges Bizet, e a condessa de Greffulhe (essas duas inspiraram a criação da 'princesa de Guermantes'), o conde de Montesquieu (que veio a ser o personagem 'Charlus') etc. Quando conversávamos, ele me contava casos, imitava pessoas, me fazia imitar. Notei que a espontaneidade da minha natureza o divertia muito. Eu sabia responder em cima de cada observação, ele não ria do meu jeito de falar provinciano, me instigava a novas respostas picantes, frases de gente da Lozère, bem primitivas. Acho que meus 23 anos pesavam nisso também. E eu demonstrava claramente o quanto gostava da companhia dele.

"Um dia monsieur Proust me levou ao terraço só para ver o pôr do sol. Um espetáculo extraordinário. E eu que nunca tinha parado na vida para ver o pôr do sol. Foi inesquecível."

Mais ainda foi o retorno a Paris, com o hotel requisitado pelos aliados. Foi dramático. Uma crise de asma pior que todas as outras justamente quando o equipamento farmacêutico estava no compartimento de bagagens. Céleste teve que chamar correndo o fiscal do trem para pedir a mala e fazer a fumigação dentro da cabine. Chegando a Paris, a situação ficou pior. Proust costumava aproveitar a ausência para mandar limpar o apartamento com grandes aspiradores de pó, tirar cortinas, arrastar móveis etc. Chegando no meio da confusão, conta Céleste, foi preciso despedir todo mundo e arrumar o quarto às pressas para nova fumigação.

"Me lembro dele sempre transpirando, sufocado, dobrado sobre a cama, a fumaça enchendo o quarto. Fiquei horrorizada, não sabia o que fazer, e ele me pedindo que fosse embora e voltasse apenas se a campainha chamasse. À noite, ele tocou. Estava deitado, a crise mais calma. Me pediu que ficasse morando na casa definitivamente. Já sabia que podia contar comigo, eu tinha passado pela prova. Concordei, como se fosse a coisa mais natural do mundo. Acho que desde o início houve entre nós um grande entendimento. Estava determinado que eu ficaria. M. Proust me confessou uma coisa que também deveria estar amadurecendo há muito tempo: 'Minha querida Céleste, nunca mais vou a Cabourg. Ou a qualquer outro lugar. Não viajo mais. Os soldados fazem seu dever. Como não posso lutar ao lado deles, o meu dever é escrever um livro, fazer a minha obra. O tempo passa. Não posso perdê-lo'."

A partir dessa noite de setembro de 1914, conta Céleste, Proust se retirou do mundo para o que seria nos próximos oito anos (e últimos de sua vida) o único motivo de viver: escrever sua obra. E Céleste também aceitou como se fosse natural.

"O que me surpreende até hoje é a facilidade com que me habituei a uma existência para a qual não tinha sido preparada. Minha vida toda passada na liberdade do campo, eu, que dormia com as galinhas e levantava com os galos. Não só mudei o ritmo de vida, mas vivia inteiramente para M. Proust. Quando Odilon voltou da guerra ficou espantado de me encontrar ainda lá."

O tempo ao inverso, nos menores detalhes: para limpar e arejar o quarto, só quando Proust saía, por volta de dez da noite. Céleste nunca fez uma faxina de dia, as janelas do quarto dele nunca se abriam para o sol. Nas noites de inverno tinha que trazer bolsas de água quente para a cama, passar a ferro os casacos de tricô para esquentá-los, arrumar um intrincado material para o caso de ele querer fazer chá durante a madrugada.

O que não o impedia de chamá-la para o que quer que fosse, mesmo conversar. Ela vinha, os cabelos soltos em *robe de chambre*, e ele se encantava, "Parece a Gioconda". Na cozinha Céleste podia saber se era dia ou noite, mas o resto do apartamento imenso ficava fechado hermeticamente o dia todo. O quarto de Proust, todo forrado de placas de cortiça para abafar os barulhos da rua e a poeira, as várias cortinas fechadas, uma janela dupla através da qual não se escutava nem os bondes correndo.

"Ou se vivia na eletricidade ou na escuridão completa", lembra Céleste. "Hoje entendo a busca de M. Proust, todo o sacrifício da sua obra: foi o de se retirar fora do tempo para poder reencontrá-lo. Quando não se dá conta do tempo, é o silêncio. Ele precisava desse silêncio para escutar as vozes que queria escutar novamente, as que colocou nos livros. Na época eu não sabia, mas agora, quando estou sozinha à noite e não consigo dormir, parece que o vejo aqui, do mesmo jeito que ficava no quarto dele há mais de sessenta anos, trabalhando nos cadernos pretos, sem se dar conta das horas, sozinho dentro de sua própria noite, quando lá fora a madrugada já se fazia em dia."

Que Proust era louco, que exagerava a doença, que afinal essa asma era coisa cultivada para fazer gênero. Escreveram tudo que Céleste desmente como "calúnias". Chegaram a contar que Proust inventara uma natureza frágil para chamar a atenção da mãe adorada, que teria se ocupado menos após o nascimento do segundo filho, Robert. Inventada a asma com a malícia das crianças, para monopolizar as atenções da mãe, ele continuou a farsa para se fazer de interessante, excentricidades.

"Não há provas", diz Céleste indignada. "Os biógrafos tiraram de onde tantas análises? Tudo isso é ridículo, para não dizer que são mentiras. Quem viu monsieur Proust como eu vi, no meio das fumigações, especialmente naquela volta terrível de Cabourg, pálido como um morto, procurando respirar com esforço, sufocado, nada mais que isso seria suficiente para se convencer de que ele não estava brincando. Como é que alguém finge que está doente por dez anos?"

E não suportava cheiros de espécie alguma, nem flores nem perfumes, tudo poderia provocar-lhe uma crise trabalhosa. A poeira, os micróbios, o ar poluído das ruas, era preciso evitar qualquer elemento que lhe atiçasse a asma. Então ele saía à noite, quando as ruas são menos sujas, dizia. Não deixava ligar o aquecimento no inverno por causa do ressecamento que provocava na garganta. Preferia permanecer no quarto gelado, cobrindo-se com camadas de casacos de lã e cobertores. No final da vida, até as cartas que recebia eram desinfetadas com formol por Céleste.

Há outras "infâmias" na lista de Céleste, sempre defensiva. Especialmente sobre o tratamento com morfina, os vícios e as drogas, a mania de suicídio. Não é que ela queira veementemente desmentir os biógrafos. Tem sua versão. Foi testemunha ocular.

"Monsieur Proust desaprovava o suicídio, jamais teria tentado. E das drogas, que tanto falam os biógrafos, e até seu amigo Leon Daudet, que o acusou de se matar lentamente com tranquilizantes, isso é invenção. Que eu saiba, e eu sabia de tudo naquela casa, nada se fazia sem que eu não soubesse, Veronal e cafeína eram as únicas drogas admitidas. E delas M. Proust se servia raramente, em casos de necessidade. A regra era não faltar em casa, só isso."

Céleste conta que Proust confessou ter tomado uma injeção de morfina, a conselho do pai, para aliviar uma terrível crise de asma, e que a crise tinha dobrado.

"Lembro que ele me disse, 'Céleste, se você soubesse como me sinto feliz que essa injeção não tenha tido efeito. Se eu tivesse a falta de sorte de me sentir aliviado com morfina, certamente teria tomado a segunda, e outras, a cada crise, e hoje seria um morfinômano. Tenho horror só de pensar nisso'. Embora ele não falasse, acho que se referia a um antigo colega de classe, Jacques Bizet, que, viciado sem remédio, acabou se suicidando. O único remédio eficaz de M. Proust era a fumigação, queimando no quarto um pozinho cinza, próprio para isso, sempre comprado na mesma farmácia. Nunca o vi utilizar outra coisa."

Mas houve um incidente estranho. Céleste recorda apenas que foi em 1917, e que ela acordara ao meio-dia, como de hábito, esperando que Proust tocasse a campainha pedindo o café. As horas se passaram e nada. Tinham se despedido na noite anterior, ou seja, às 5 da madrugada, depois de conversarem longo tempo. Nada tinha havido de especial, nem uma contraordem. E, no entanto, vieram as 6 horas da tarde, silêncio completo na casa, nem um barulho do quarto. Céleste lutava contra a vontade, expressamente proibida, de ir saber o que estaria acontecendo. Mal dormiu. Foi vagarosamente até a porta escutar: silêncio total. Dormiu mal de novo.

No dia seguinte continuou à espera, aflita, já querendo chamar alguém, o *concierge* do prédio, um vizinho. E o medo de transpor os limites sagrados, aquela porta fechada? Mais um dia de espera. Por volta das 11 da noite, a campainha do quarto tocou.

"Corri imediatamente. Ele estava na cama, pálido e silencioso, como quando saía da fumigação. Pediu café, nada mais disse. Eu respeitei a regra de jamais falar antes dele. Mas acho que minha cara angustiada perguntava tudo, porque ele me respondeu, 'Você estava inquieta?'. Contei o que tinha passado, os pensamentos preocupados, a aflição de que algo muito sério tivesse acontecido. Ele comentou vagarosamente, 'Eu também tive medo de que não nos víssemos mais'. E nada mais comentou sobre essa noite.

"Depois, escreveram que, em 1921, monsieur Proust teria passado por outra experiência igual, com uma forte dose de Veronal e ópio, e que seria um desejo inconsciente de morrer. Que besteira. Ele jamais morreria sem terminar sua obra, tenho certeza. Estou convencida de que pelo menos daquela vez, em 1917, naqueles dois dias angustiados, M. Proust quis levar o mais longe possível uma experiência da qual ele tinha necessidade para escrever. Estou convencida de que ele quis fazer a experiência da morte, a sensação da maior perda, da consciência total das coisas; de que calculou a dose certa, talvez de Veronal, para estar seguro de conservar a lucidez, o poder de analisar as sensações. Talvez ele pensasse na morte lenta de um de seus personagens, 'Bergotte', que morre de uremia, e cujos dias finais estão cheios de detalhes no final da vida do próprio M. Proust."

Proust conheceu e viveu a morte lenta. Sem se queixar. Céleste diz que apenas algumas vezes falava de um grande cansaço, outras se queixava de bronquite, de garganta seca.

"Costumo me lembrar dele estendido na cama, imóvel, olhos fechados, me fazendo sinal para não falar. E duas ou três horas depois, bem-vestido, saía para uma festa. Era capaz de ficar seis ou sete horas de pé, rir, conversar, depois voltar para casa às quatro ou cinco da manhã, e ainda me manter mais duas horas conversando, descrevendo a noitada, como se fosse um jovem de vinte anos. Eu perguntava como ele podia suportar aquela vida social, se privar do silêncio, do repouso que tanto gostava, de seu trabalho solitário à luz do abajurzinho verde, para passar tanto tempo no meio do barulho, numa atmosfera cheia de micróbios, arriscando crises de asma. Ele respondia simplesmente, 'É preciso, minha cara Céleste'. Eu entendia que era por causa do livro, ele precisava ver as pessoas, observar o que faziam e diziam, para as descrever.

"Também por causa disso Proust comia pouco, quase nada. Explicava, rindo, 'Quando come demais, a pessoa fica pesada, não tem o espírito livre. E eu preciso ter o espírito livre. No princípio Céleste cozinhava refeições leves, ele aceitava. Aos poucos, se queixando dos odores da cozinha que lhe entupiam o nariz, ele passou a se alimentar de café com leite e, eventualmente, dois croissants. Jantava quando saía, quando convidado.

"Em casa, M. Proust só ciscava. Um dia o médico da família, doutor Bize, veio me ver. Eu estava me sentindo cansada demais, sem apetite, fui aconselhada a me alimentar melhor. Virando-se para M. Proust, ele disse, 'Você também, mestre. Trabalha como um operário e não se alimenta o suficiente'. M. Proust olhou para mim com cara de riso e disse, 'Viu, Céleste? Como um operário. Ele me honra'. Quantas horas M. Proust dormia, eu nunca soube. Não sei se dormia sequer. Porque tudo se passava entre ele e as paredes do quarto, um mundo de sonho, separado do nosso. Mas onde ele buscava tanta energia para continuar?

"Tenho a impressão que de comida ele só gostava imaginariamente, como as famosas madeleines. Ele gostava de comer na lembrança, talvez com medo de se decepcionar com o verdadeiro gosto dos alimentos. Em certa época monsieur Proust teve desejos absurdos de comida a horas incríveis. Chegava de madrugada querendo dois ovos cozidos, um linguado, um brioche, batatas fritas, doce de chocolate etc. No caso de doces e bolos, ou das frutas, tinham que ser de determinados fornecedores, não de qualquer lugar. Hoje penso que esses desejos repentinos correspondiam a momentos nos quais ele corria atrás do tempo perdido, perdido como se diz de um paraíso. Cada desejo correspondia sempre a um fornecedor preciso, datando de sua juventude, da época em que vivia com os pais. Tudo estava ligado à mãe dele, que dava grande importância a uma boa mesa. Depois de me pedir o doce, o bolo, a fruta, que vinha de determinada loja, de tal rua, ele me contava um caso do passado, de algum amigo que tinha vindo para o chá, que sua mãe teria encomendado aquele mesmo doce, bolo etc.

"Escreveram uma história, já não sei de onde, segundo a qual M. Proust teria comido uma perna de carneiro inteira, acompanhada de champagne, no restaurante do Hotel Ritz. Isso é um absurdo. Ele frequentava o Ritz, jantava lá com os amigos, especialmente antes da guerra. Não sei o quanto comia, mas certamente o mesmo que em casa. Na volta, descrevia para mim os cardápios, mas sem gulodice, só para me divertir, ou para se certificar de não esquecer dos detalhes que depois usaria nos livros. Vi todos esses jantares quando li os livros de M. Proust. Era por isso que ele ia e anotava. Bebia pouco, água mineral, vinho raramente, quando havia um amigo convidado a jantar. Mesmo então era coisa simples, o de sempre, peixe ou galinha. Hoje em dia acredito que se ele lutou o tempo todo para terminar sua obra, comendo mal e dormindo mal, era porque talvez se ressentisse do fim das coisas que tinha tanto amado e que já estavam se tornando sombras do passado. M. Proust se preparava para morrer com elas."

Teria sido Céleste tão sábia ou apenas tão inocente?

Durante a guerra, Paris às escuras, Céleste saía à noite para comprar livros a dois passos de casa ou levar cartas ao outro lado da cidade. Proust parecia não se lembrar que ela era mulher, nem de perguntar se teria medo. Céleste nunca pensou que seu patrão fosse extremamente egoísta. Ela nem ousava dizer que tinha medo, sim. Acabou se habituando, atravessava as ruas escuras, pegava táxis sob olhares suspeitos dos motoristas diante de uma mulher jovem sozinha; dava conta do recado. Era inestimável.

Às vezes o *grand seigneur* se humanizava e pedia a Céleste que fugisse para o abrigo antiaéreo assim que escutasse as sirenes de alarme. Ela se recusava, só iria se o patrão fosse, ao que ele respondia, "Mas eu não tenho a menor importância. Sou um velho doente. E depois, tudo que eu tenho seria destruído, para que continuar vivendo?". Ele se referia aos manuscritos.

Céleste conta que nunca pensava seriamente nos bombardeios.

"Eu tinha um tal hábito de viver com este homem que isso devia me deixar também inconsciente. E o que eu conhecia da vida? Depois que tinha saído da minha cidadezinha, mal houve tempo de conhecer outro mundo, a não ser a casa de M. Proust. Minha existência se confinou entre as paredes daquela casa. Era o início e o fim da minha experiência de vida. M. Proust me formou, como se faz com uma criança pequena a quem se ensina a andar, falar, ter boas maneiras, bons hábitos, escolher, aceitar, recusar etc. Evidentemente o meu aprendizado foi de acordo com os moldes dele. Nunca me passou pela cabeça recusar levar cartas à noite pela cidade escura e deserta, ou telegramas ao único correio aberto à noite, lá perto da Bolsa de Valores. Fazia parte do meu trabalho."

Então Proust era um tirano? Inconscientemente tirano? Céleste abana a cabeça, impaciente, acha que não foi entendida.

"E claro que há muita coisa que não compreendi das atitudes de M. Proust. Muita coisa ficou no mistério. Isso faz parte da magia que ele exercia sobre tudo que o cercava. Ou talvez a força de vê-lo agir assim, trabalhar e escutá-lo sempre, acabei por adquirir um senso de adivinhação, um pouco do jeito de aceitar os fatos como são. Estabeleceu-se entre nós uma espécie de compreensão mútua graças a qual eu sabia depressa o que ele desejava antes mesmo de escutá-lo pedir. Antes de acabar de contar um caso, eu já sabia por que ele estava me contando, qual seriam suas observações a respeito, sua análise. Já me perguntaram se não fora muito difícil viver com M. Proust. Era fácil, pelo menos para mim. M. Proust era um tirano, sim, mas a gente acaba aceitando e gostando dele, depois de conhecê-lo. Ele era insaciável, exigente, meticuloso nos menores detalhes, comigo, com meu marido, com todo mundo. Cartas para levar, chamadas telefônicas, reservar mesa no Ritz, a roupa dele na cama, pronta para vestir e sem uma ruga, os petrechos de toalete, o material noturno, as anotações dele, tudo tinha que estar nos devidos lugares às horas certas. Que nada faltasse nem atrasasse. Ah, isso nunca. Ele tinha horror a horários desrespeitados. Fixava horas para tudo e eu galopava pela casa para cumpri-las. Mesmo depois que tinha confiança na gente, ainda assim M. Proust desconfiava, passava para conferir tudo, até na cozinha aparecia para observar, e nenhum detalhe escapava aos olhos dele, como se analisasse para o livro. Os lençóis da cama deveriam ser trocados todos os dias, cada vez que ele se levantava. Eu tirava e mandava lavar, e em seguida ele vinha verificar. Não, não era fácil, mas bastava se adaptar a ele.

"Monsieur Proust se tornava terrível quando queria criticar ou ferir as pessoas. Me contou que herdara isso da mãe dele. Não falava muito quando queria destruir alguém; uma frase bastava. Eu, depois de receber uma crítica dessas, nunca mais ousava cair no mesmo erro. Mas, por outro lado, quanto carinho comigo, especialmente no tempo que Odilon estava na guerra. Que carinho com minha saúde, sempre preocupado. E que amizade pelos amigos, que jeito de me pedir as coisas. Era sempre: ('Será que você poderia fazer? Se fosse possível eu gostaria que você fizesse...'). Nunca uma palavra rude, agressiva. Nunca me ordenava coisa alguma; sugeria, pedia, como se fosse um grande favor que eu ia prestar. Certa vez ele me deu uma de suas fotos favoritas, esta que guardo até hoje, e veja a dedicatória. 'À querida Céleste, de seu tirano detestado, Marcel'. Foi então que eu disse, 'Ah, se todos os tiranos fossem como o senhor, o mundo seria um paraíso'. Ele ficava contente com essas respostas."

A amizade de Proust por Odilon Albaret tinha se aprofundado quando o motorista contou em que circunstâncias perdera a mãe e como lhe fazia falta. Céleste diz que Proust escutava com lágrimas nos olhos, porque o episódio lembrava a perda que ele próprio sofrera e da qual jamais se refizera. Veio um tempo em que os dois conversavam horas noite adentro. Havia a guerra. As pessoas ficavam em casa, e também Céleste e Proust.

"Nessa época ele começou a me fazer falar da minha infância, da família, de meus pais. Especialmente da infância porque, ele me disse, 'É na infância que tudo começa: o paraíso ou o inferno'. Ele me fazia contar como eu subia em árvores, como passava as noites de inverno no campo, meus irmãos, minha mãe. Queria saber tudo sobre minha mãe e como tinham sido nossas relações afetivas. Quando veio aquele telegrama fatal me informando a morte dela, foi M. Proust quem me abraçou chorando para contar e nós dois choramos juntos. Ele queria que eu fosse logo para casa. Disse ele: 'Minha querida Céleste, eu compreendo sua dor, já passei por isso. Mesmo morta, é preciso que você reveja sua mãe'. Quando voltei de casa, M. Proust me fez contar tudo como se passara e chorou comigo, emocionado. Ele se lembrava do passado'."

Marie, a irmã mais velha de Céleste, foi morar com eles e ajudar nos trabalhos de casa. É delas duas, *les courrières*, que Proust tanto fala em sua obra. Céleste reconheceu as descrições.

"Acho que para ele, comparando ao mundo que ele frequentava, nós tínhamos um frescor natural muito saudável. Trouxemos alegria àquela casa. Quando eu saía, M. Proust ficava na janela, com Marie, esperando minha chegada, criticando meu jeito decidido de andar. Estou certa de que ele se sentia muito bem conosco. Tem uma passagem em *Sodoma e Gomorra* em que ele nos situa muito bem, em torno dele, enquanto toma café, em Cabourg. Fiquei fascinada ao ler os livros dele e encontrar nossos diálogos, conversas que eu tinha com Marie, fatos do nosso cotidiano. Tão bem transportados, com a mesma riqueza de detalhes que tinham as descrições que ele fazia ao voltar dos jantares e festas de sociedade. No fundo, éramos dois órfãos: ele, os pais mortos, os amigos, poucos, dispersados por causa da guerra, eu, longe da família, depois o marido na guerra, depois os pais mortos.

"Quando conversávamos na maior intimidade, não era só porque M. Proust tivesse necessidade de companhia. Depois de uma noitada acho que ele precisava recapitular, fazer uma triagem do que vira e ouvira, do que havia pensado das atitudes das pessoas. Estou certa de que ele experimentava em mim para ver o efeito que essas descrições causariam, para saber o que escreveria depois. M. Proust se arranjava para não sair duas noites seguidas, mais de duas por semana, para não se cansar muito. E como era fascinante vê-lo sair, o chapéu combinando com o resto, a bengala, as luvas, tudo ele apanhava com gesto elegante, e depois se voltava para mim, sorrindo.

"Monsieur Proust costumava chegar de madrugada, com o mesmo sorriso, ou uma cara decepcionada, dependia da noite que tivera. Às vezes desabava no sofá e suspirava 'Ah, Céleste, não foi uma noite proveitosa. Como me arrependo de ter saído. Devia ter ficado em casa trabalhando'. Mas não importa quais fossem os aborrecimentos, ele guardava o mesmo humor para mim e o descontentamento para ele. Eu arrumava a cama, onde ele vinha sentar-se, e nós conversávamos horas. Ele me descrevia as roupas das mulheres, ah, com que precisão de detalhes, todos os que eu veria depois nos livros. Contava os romances proibidos que descobrira ou confirmara, o comportamento dos homens, o serviço da mesa, a comida, nada lhe escapava. Hoje, quando minha memória cansada tenta lembrar todas essas noites mágicas, chego a ver M. Proust sentando na cama, eu de pé, como ficava, nunca me passava pela cabeça que poderia sentar no sofá. Lembro a luzinha do abajur verde, o sorriso de M. Proust, os olhos de uma tristeza inexplicável.

"Costumo dizer que este foi o melhor teatro a que pude assistir em toda minha vida. Esse jeito que M. Proust tinha de me comunicar um mundo que eu jamais conheceria de perto, de me transportar para dentro das histórias que contava, era como se quisesse segurar o tempo para não deixá--lo fugir, levando seus personagens. Ele falava, e o tempo parava naquele quarto. Uma vez me contou que Jean Cocteau o encontrara num jantar, e depois passou a me falar sempre dele, nós ríamos muito quando M. Proust fazia a mímica de Cocteau entrando, todo saltitante, gritando, '*Oh, mon petit Marcel*'. Ele me perguntava o que eu estava esperando para escrever um diário. Da primeira vez, eu estava naquela casa há quatro anos, teria do que contar. Pensei que M. Proust estivesse debochando de mim. Mas ele dizia, 'Não, Céleste, minha querida, falo sério. Ninguém me conhece verdadeiramente como você. Ninguém sabe como você o que faço, o que penso dos outros, o que digo na intimidade. Depois da minha morte, seu diário será tão vendido quanto meus livros. Comece a escrever que eu corrijo'. Nessa época ele já falava em morrer, como se soubesse."

A profecia se fez: muita gente veio ver Céleste e saber o que ela sabia de Marcel Proust. Muita gente escreveu o que ela contou. Muitos a ignoraram por se tratar apenas de uma empregada. Fosse nos Estados Unidos, Céleste seria uma celebridade nacional. Continua a receber cartas até hoje, mas dos admiradores de Proust. O que ela mais se ressente é que o biógrafo americano Georges Painter jamais tenha ido vê-la; nunca tomou conhecimento de sua existência, por puro e simples esnobismo. E com isso publicou, segundo Céleste, muitos fatos que não correspondem à verdade. Ainda que sejam fatos pouco significantes, para ela seria importante que estivessem corretos. Céleste gosta de coisas claras, honestas, por isso se arrepende do diário que não fez e que poderia ter evitado ou tentado evitar o que ela chama de "calúnias".

Quanta fidelidade. Quanta adoração. Céleste foi mais do que uma simples governanta dos últimos anos de Proust. Foi uma esposa dedicada de muito, muito tempo, fora do calendário temporal. E por que Proust nunca se casou? Céleste não sabe. É verdade que ele não gostava de mulheres?

Que seus amores foram apenas platônicos? Céleste sacode a cabeça, pensativa. Isso é íntimo demais.

"Perguntei a ele certa vez por que não se casara, e a resposta veio alegre, simples, 'Engraçado que a pergunta venha de você, que me conhece tão bem. Não é possível que você Céleste, não note que eu não sou um homem casável. O que eu poderia fazer de uma mulher de chás e costureiros? Ela iria misturar minha vida à dela, me carregar para todo lado, e eu não teria tempo para escrever. Preciso de tranquilidade. Estou casado com minha obra, o que conta são meus cadernos'. Foi isso que ele me disse.

"De outra vez, M. Proust me disse, rindo, 'Seria preciso de uma mulher que me compreendesse. A mulher com quem eu me casaria é você, Céleste'. E como eu respondesse que aí estava uma boa ideia, ele ficou sério e disse, 'Você está melhor substituindo minha mãe'. E outra vez, quando a conversa girava sobre amores e casamentos fracassados da sociedade que ele frequentava, e entre as boas relações que tinham nossos respectivos pais, eu pedi a M. Proust que me explicasse a diferença entre amor platônico e amor carnal. Ele me olhou de um jeito estranho e suspirou, 'Não sei o que você quer dizer com isso'. Não sei se ele sabia, mas não sabia como me dizer, porque me achava muito inocente."

Céleste lembra, entretanto, que Proust teve muitos amores, especialmente na juventude. Ele os confessou a ela.

"Mas não acredito que jamais estivesse apaixonado de verdade. Ele descia muito profundamente na lama dos outros e na sua própria; via todas as facetas, sem deixar nada no escuro."

Nas gavetas da cômoda do quarto de Proust havia fotos do passado, de mocinha ingênuas como Antoinette Faure, filha do presidente da França, de Marie Benardaky (teria sido o primeiro amor de Proust, segundo biógrafos), Luisa de Mornan, mulheres de salões como a condessa de Chevigné, madame Strauss (grande amiga), Laure Hayman, e muitas outras. Os biógrafos exploram bem este lado, mas Céleste prefere não comentar. Nunca descobriram quem seria na vida real a 'moça misteriosa' da obra de Proust, a bela desconhecida, inatingível, mais amada que as outras. Seria mais que uma mulher? Seria um amor proibido naquela sociedade intransigente? Seria um ideal de perfeição jamais atingido? Ou todas mulheres?

No livro de Céleste há um capítulo curioso que se chama "Os Outros Amores". Depois de tudo que se escreveu sobre a juventude de Proust, que ele teria conhecido apenas decepções amorosas, e que isso o teria feito se voltar para o amor masculino, Céleste insiste em que contou a George Belmont apenas o que sabia da vida de seu patrão, "O que vi ou o que compreendi. Não conto o que ouvi dizer". O que teria ela a dizer sobre o outro lado da vida de Marcel Proust, o lado negro de casas de prostituição masculina? Quase nada, apenas desmentidos. Mas até que ponto Céleste poderia afirmar que é mentira? Proust era muito reservado e pudico para fazer confidências a uma empregada, ainda mais uma camponesa jovem, cheia de princípios religiosos, recatos, e sem cultura, apesar de inteligente. O que saberia ela sobre homossexualismo?

Segundo André Gide, que escutou confissões de Proust, ele tinha vergonha de ser homossexual, mas sabia e admitia que era. Céleste nega a paixão de Proust pelo motorista Alfred Agostinelli, que teria sido modelo para "Albertine", ainda que o escritor tenha falado longamente da angústia que sentiu com a morte do jovem, num desastre de avião em 1914, e da vontade que ele próprio teve de morrer. Para o bom entendedor, isso foi suficiente. Mas Céleste insiste na sensibilidade exagerada de seu patrão, no horror que tinha de ver alguém muito querido morrer.

"E que história é essa de jovens frequentando nossa casa? Eu teria sabido, eu os teria visto. Só eu tinha a chave da porta. Se entrassem com M. Proust, eu os teria escutado, tenho orelhas finas. Nas saídas dele, era Odilon que o acompanhava, sabia onde M. Proust ia, em casa de quem, e ficava esperando na porta. Falou-se muito nos secretários de M. Proust, sempre jovens secretários. Não sei explicar essa parte. Acho que era porque tinha respeito pelas mulheres. Seu pudor de doente, sempre na cama. Os secretários vinham datilografar os textos dos livros e faziam este trabalho, é tudo que sei. Eu os escutava, vinha ao quarto servir chá."

Agostinelli, o jovem suíço Henri Richat, o inglês bem-vestido que inundava Proust de convites, tantos outros. Falou-se mais de rapazes do que de mulheres na vida íntima de Proust.

Agostinelli, motorista de táxi da mesma companhia de Odilon, passou a secretário de Proust, depois partiu para a Côte d'Azur a pedido de sua mulher, Anna; um ano após desapareceu no mar com o avião que pilotava. É tudo o que Céleste sabe. O que foi explorado em torno deste assunto ela considera "literatura barata, sensacionalista", assim como a história da amizade de Proust com Albert Le Cuziat, que mantinha a famosa casa *plaisirs pour hommes.*

Georges Painter conta em sua extensa biografia que Proust frequentava essa casa e teria até contribuído para montá-la com os móveis antigos de sua mãe. Céleste acha a simples ideia repugnante.

"É verdade que M. Proust deu os móveis de presente a M. Le Cuziat, mas não sabia para que iriam servir. Pensou com toda honestidade que estava ajudando um amigo a montar casa. Era enorme esta casa, na rua de l'Arcade, havia móveis em excesso no nosso apartamento, menor do que o dos pais de M. Proust. Foi uma forma de se desembaraçar dos móveis. Quando M. Proust viu o que M. Le Cuziat tinha feito, chegou em casa indignado, queixou-se comigo amargamente arrependido."

E por que não os apanhou de volta, se tanta era a indignação? Céleste não sabe explicar. E por que ia frequentemente a uma casa que o enjoava?

"Ele não ia sempre, foi lá algumas vezes. Precisava ir, ele me disse, para descrever personalidades e momentos em seus livros. M. Proust me dava todos os nomes de pessoas ilustres que frequentavam essa casa, os gostos extravagantes que tinham, gente de política, da mais importante do país, ministros etc. Le Cuziat fornecia a M. Proust todos os detalhes dos vícios de cada um; eu ficava sabendo quando ele chegava em casa, com um olhar de tristeza, que ele havia estado naquele lugar. Posso assegurar que M. Proust não frequentava a tal casa. Eu teria sabido, ou Odilon, que o acompanhava, teria me contado. O que me revolta são os fatos escabrosos que contaram sobre M. Proust em vários livros, tendo como quadro a casa da rue de l'Arcade. Histórias de ratos transpassados com alfinetes, cenas de flagelação, orgias sádicas, e que M. Proust teria mostrado as fotos da mãe dele para fazer rir os piores frequentadores desse horror. É uma monstruosidade.

"As fotos da família eram guardadas com o maior carinho nas gavetas do quarto de M. Proust e nunca saíam de lá. Quando ele as apanhava para mostrar, era com emoção, assim como quando me falava da mãe e do grande amor que os unira. Uma vez me recusei a acreditar que coisas tão repugnantes pudessem acontecer na casa de Le Cuziat. Perguntei se M. Proust não estaria inventando para ver minha reação, para saber o que as pessoas pensariam. Ele jurou que tudo era verdade. 'Mas como o senhor pode assistir a coisas assim?', eu perguntei. Ele respondeu: 'Justamente. Porque não se pode inventá-las. Porque não tenho imaginação para tanto'. Ele me falava lentamente dessas cenas de flagelação, repetia detalhes, para não esquecer na hora de descrevê-los. Dizia. 'Só posso descrever as coisas como elas são; por isso preciso ir vê-las'. E ia."

Céleste garante que Proust só ia à casa de Le Cuziat ao reinado dos *garçons bouchers* porque precisava das cenas para seus livros. Era o que ele contava a ela quando chegava. Céleste nunca se perguntou por que Proust fazia questão de contar a uma camponesa inocente, que por certo ficaria chocada, essas rudezas do comportamento dos "sofisticados". Ela acredita que seu patrão falava nessas cenas para não esquecê-las depois. Mas não foi bem o que André Gide contou a Painter. Quem disse a verdade?

"É preciso ter vivido ao lado de monsieur Proust todos esses anos para medir a paixão dele pelos personagens que criava, por sua obra, tudo o que habitava dentro dele, e que finalmente o consumiu", disse Céleste, sem se deixar abater com a importância dos nomes ilustres que a desmentiam. "No correr dos anos aprendi que esses personagens não o largavam, estavam sempre ao lado dele, que a única meta da vida de M. Proust, o livro, estava constantemente presente em tudo que ele fazia. Quando digo livro, no singular, é porque ele, mesmo que estivesse em tal capítulo, tal parte, particularmente, guardava presente a totalidade da obra. M. Proust me disse isso várias vezes. Só entendi quando li, muitos anos depois. Tudo se liga em sua obra, é um todo, e a vida de M. Proust se fundia no todo, os personagens viviam sem sua cabeça, era por causa deles que M. Proust saía de casa, para descrever aquele mundo que ia se acabando. Vivi ao lado dele no período mais produtivo de sua vida, sem dúvida."

Mesmo não tendo lido ainda os livros do patrão, mesmo passando as horas de espera na costura ou se deliciando com as aventuras de *Os Três Mosqueteiros*, de Dumas, Céleste começou a conhecer e a detestar André Gide quando soube que ele havia devolvido o manuscrito de *Du côté de chez Swann* sem ao menos abri-lo. A história desse manuscrito é bem conhecida. O que Céleste gosta de esclarecer é que não foi ela, a "noiva de Odilon Albaret", que, em 1912, fechou o pacote com o original que Gide mandou de volta, sem abrir, mas dizendo que o romance era ruim e sua editora, a *Nouvelle Révue Française*, não publicava contos de um *dandy* mundano (essa era a fama de Proust na época).

Gide passou o resto da vida se penitenciando desse ato apressado. Sim, porque o famoso pacote, embrulhado e atado por Nicolas Cottin (Céleste só viria morar em Paris mais de um ano depois disso), foi fechado de tal forma que ninguém poderia abrir e fechar sem que se percebesse. Em 1919, quando Proust ganhou o famoso *Prix Gongourt* justamente por *Du côté de chez Swann*, Céleste escutou Gide dizer, todo choroso, numa visita a Proust, "Ah, meu caro, este foi o maior erro da minha vida".

Antes, Céleste tinha ido levar a Gide o convite para a visita que ele tanto esperava.

"Quando cheguei em casa, M. Proust me perguntou quais tinham sido minhas impressões, e eu respondi francamente, 'Esse tal de M. Gide, ele tem cara de falsidade, tem ares de falso monge.

Sabe, esses monges que olham a gente com jeito religioso, piedoso, para esconder a própria falta de franqueza'. M. Proust achou engraçado, riu muito. Quando Gide chegou, eu o anunciei baixinho, 'Está aí o falso monge'. E toda vez que falávamos em Gide, eu o imitava, com sua longa capa de lã, recitando *Les Nourritures Terrestres*, 'Natanael, é preciso que eu lhe diga...' ...M. Proust quase chorava de tanto rir, e me respondia às réplicas. Mas se falávamos na traição do manuscrito devolvido sem ser lido, M. Proust me cortava com um 'Claro que ele não abriu, mas isso não tem importância. E depois, querida Céleste, errar é humano'. Ele perdoava tudo.

"Eu acho que era generosidade, essa lucidez em face dos defeitos dos outros vinha certamente da própria lucidez de M. Proust diante dele. A facilidade com que ele classificava as pessoas e depois as esquecia, as arquivava, era natural. Quando tinha feito sua análise e não precisava mais dos personagens reais em questão, ele os esquecia, arquivava. Isso não seria o resultado da confiança no próprio valor? Me lembro quando ele ganhou o Prêmio Gongourt. Me lembro das visitas, das cartas, e da pouca importância que deu a isso tudo. Me explicou depois que era o maior prêmio literário da França, o maior reconhecimento que um escritor francês pode esperar. Quanto aos amigos ocasionais, os da sociedade, lembro dos livros que M. Proust mandava, com dedicatória, à condessa de Greffulhe, sua inspiração feminina favorita, e à madame de Chevigné, de quem ele disse, certa vez, sem rancor, 'Elas nem ao menos vão ler. Ou, se lerem, por certo não perceberão que essas páginas estão cheias delas próprias'. Havia compreensão no que ele dizia, e não desprezo. Quando M. Proust falava dele mesmo, de sua obra, era com orgulho. 'Quando eu estiver morto, você vai ver, Céleste, o mundo inteiro vai ler Marcel Proust. Você vai assistir a evolução da minha obra aos olhos e ao espírito do público. E guarde bem: Stendhal levou cem anos para ser reconhecido. Marcel Proust vai levar cinquenta anos'."

Proust já pensava na morte nesses últimos anos. Céleste acha que isso começou quando teve que deixar a casa dos pais, depois da morte da mãe, e piorou com a saída do velho apartamento no Boulevard Haussmann. Foi uma espécie de *déracinement* que o machucou profundamente. Proust passou por dois outros apartamentos, até achar o da rue Hamelin, onde terminou seus dias. Mudar de casa, arrancar as coisas pela raiz, perder pessoas que amava, perder aquele mundo antes da guerra, a época dourada da camélia na lapela. Essas pequenas perdas eram como pedaços dele que iam embora, devagar. Proust sabia que estava indo também, pela raiz, aos poucos.

Muitas vezes Proust dizia, ao acordar, "Estou cansado demais, minha querida Céleste, não aguento continuar. E no entanto preciso trabalhar. Se eu não chegar ao fim, terei dado minha vida por nada". Ao que Céleste um dia comentou, "Então, no lugar de prolongar, porque o senhor não termina de uma vez?". E ele respondeu, indulgente, "Você acha que as coisas terminam assim? Não é tão simples como você pensa escrever a palavra *fim*". Ao mesmo tempo, Proust falava do fim da vida, é o que Céleste se lembrava, palavra por palavra:

"A morte me persegue, Céleste, está aqui, nos meus calcanhares."

Foi um dia de festa quando Proust chamou Céleste para mostrar-lhe que tinha escrito a palavra *fim* no manuscrito. Dezenas de pedacinhos de papel enchiam as cobertas.

"Ele parecia uma criança feliz. Me disse, 'Veja, tenho uma grande notícia para você: esta noite escrevi a palavra *fim*. Agora já posso morrer'. Ele não estava triste. Nem alegre. Nos olhos, uma espécie de felicidade misteriosa, um jeito de quem sabe das coisas e não pode contar."

A última saída de 1921 foi realmente a famosa visita à exposição de Vermeer, para ver aquele pano de parede amarelo que tanto o impressionava. De tal forma que usou as sensações para descrever a marcha para a morte de seu personagem Bergotte. Em 1922 Proust saiu poucas vezes, nunca mais a festas, raras noites chamava Céleste para conversar. Trabalhava incansavelmente, corrigindo manuscritos e acrescentando notas ao que seria depois *Albertine Disparue, Les Temps Retrouvé, La Prisionnière* etc.

"Sobre os três meses que precederam a morte de M. Proust, inventaram todos os romances possíveis. Que ele desmaiava quando saía da cama, que não enxergava mais, que pensou que esses problemas provinham de um escapamento de gás na chaminé do quarto (E como? Não tinha funcionado nunca); histórias que não sei de onde foram tirar. M. Proust conservou a lucidez até os últimos minutos, falou comigo, com todos, e trabalhou até a última hora, corrigindo e editando textos. Eu estava ao lado dele e posso jurar que foi assim."

Porque o aquecimento e a lareira não podiam ser ligados para não expelirem poeira, o quarto de Proust ficava sempre gelado. Foi por causa desse frio no qual ele trabalhava horas e horas, imóvel na cama, cheio de cobertores e casaquinhos de tricô, bolsas de água quente que, no outono de 1922, apanhou a gripe fatal. As crises de asma redobraram, ele respirava mal e não se deixava cuidar. Teve pneumonia e abscesso no pulmão. Mas continuou a trabalhar, se recusando a comer. Só tomava café com leite, às vezes.

"Nessa noite de 17 para 18 de novembro monsieur Proust me chamou e pediu que me sentasse a seu lado para ajudá-lo. Não conseguia escrever mais, ia me ditar alguns trechos. Conversamos um pouco e depois ele me ditou até às duas da madrugada. Talvez eu não estivesse sendo rápida, ou fosse verdade o que me disse ele num suspiro, que ditar era mais cansativo, por causa da respiração. E escreveu até as três e meia, lembro muito bem os ponteiros do relógio enquanto M. Proust enchia os cadernos com sua letrinha fina, já tremida e desigual. Teve um momento em que ele me disse, 'Estou muito cansado minha querida Céleste, não aguento mais. Não vá embora, fique aqui'. E eu ia ficando.

"Me fez prometer várias vezes que eu colaria as tiras de papel extra das correções nos lugares certos, que não deixaria ninguém lhe dar injeções quando ele não tivesse mais forças para se defender. Passei a noite em claro. Se não fosse a ajuda de minha irmã Marie, que ainda estava conosco, eu não teria ficado de pé. De manhã cedo, eram 8 horas quando voltei ao quarto e M. Proust me disse fracamente: 'Céleste, estou vendo uma mulher enorme, gorda, imensa, toda de preto, horrível. Aqui dentro do quarto. Deixe a lâmpada de cabeceira acesa, quero vê-la melhor'. Ele tinha me falado tantas vezes na morte, mas nunca sob o aspecto terrível de uma mulher de preto, como os biógrafos dizem, nunca o fantasma que vinha assombrá-lo nos aniversários de morte da mãe. Isso é bobagem, uma invenção idiota. Cada vez que M. Proust me falava da morte dizia que não tinha medo. Aliás, o mais terrível dessa agonia é que até o último momento ele guardou os sentidos, a lucidez. Não só ele se via morrer, mas se olhava morrer. E ainda assim encontrava forças para sorrir e falar, como se nada fosse."

Às quatro e meia da tarde a agonia acabou. Céleste teve que trair a promessa e deixar que o médico da família Dr. Bize, aplicasse uma injeção de óleo canforado, que nem ao menos fez efeito. O irmão, dr. Robert Proust, assistiu a tudo, ao lado de Céleste.

"Eu tombava de cansaço e de dor, mas não podia acreditar. Ele se deixava morrer tão nobremente, sem tremer, sem gritar, sem que a luz da vida tivesse deixado seus olhos, que nos fixaram até o fim e ficaram abertos. Ele nunca disse 'mamãe' antes de morrer, como inventaram nas biografias, sem dúvida pelo prazer de fazerem literatura. Apagou-se docemente, nos olhando. Foi o irmão quem fechou-lhe os olhos. Eu estava paralisada de dor."

Céleste conta que queria cruzar as mãos de Proust e colocar nelas o rosário que Lucie Faure, irmã de Antoinette, trouxera de Jerusalém, mas Robert Proust disse, "Ele morreu trabalhando, vamos deixar as mãos estendidas, em repouso". Depois do enterro os Albaret e Marie continuaram no apartamento durante mais seis meses. Céleste confessa que várias vezes desejou morrer, sumir dali.

"Até que um dia aconteceu uma coisa extraordinária. Eu tinha descido para terminar os arranjos de nossa partida daquela casa tão triste quando vi a vitrine da livraria próxima, onde eu tanto ia fazer compras. Ela brilhava de luz. E entre os livros vi expostas as obras de M. Proust, três a três. Era como naquela página do livro quando ele descreve a morte do romancista Bergotte. Veja o trecho: 'Enterraram-no. Mas à noite do funeral, nas vitrines iluminadas, os livros dispostos, três a três, velavam como anjos de asas sorridentes, e pareciam, para aquele que não estava mais aqui, um símbolo de ressurreição'. Para mim, M. Proust revivia também."

Na pequena casa branca as duas *courrières* vivem dessas lembranças. Nunca mais nada de tão extraordinário lhes aconteceu.

"Fui me retirando aos poucos para dentro da memória", diz Céleste. "É lá que eu vivo."

Não faz muito tempo ela acabou de ler a obra de Proust e as biografias (que a instigaram a escrever sua própria versão dos fatos, pelo menos dos últimos dez anos de vida de Proust).

"Eu achava que ele era sábio demais para mim, que não o entenderia. Ainda hoje acho difícil. Tem parágrafos que leio e, de repente, preciso voltar várias páginas atrás e recomeçar, para compreender um determinado personagem. Engraçado foi quando li *Sodoma e Gomorra* e encontrei lá muitas de nossas conversas, frases minhas; geralmente é Françoise quem as diz. Encontro momentos que passamos juntos. Era como se tudo revivesse."

Céleste não sai muito além do jardim florido. Recebe visitas da filha única, Odille, "Para ela, como M. Proust, eu buscaria a lua". Foi por causa de Odille que Céleste teve que vender cartas e documentos preciosos, lembranças de Proust: para pagar médicos e hospital, quando Odille teve um câncer e se recuperou. Odille acha que não morreu porque não poderia deixar a mãe desamparada no mundo, que Deus observou esse detalhe e a salvou.

Desamparada? Parece incrível: Marcel Proust, tão rico, não deixou testamento, ele que sabia a data certa em que ia morrer, e a papelada final que ficou rolando pelo quarto, duas mesas, uma escrivaninha. O resto virou museu. Além das lembranças, que Céleste se faz gratuitamente, a *servante au grand couer* (como Proust a chamava) vive de uma pensão de aposentadoria e, agora, dos direitos do livro, que Georges Belmont faz questão de dar a ela, mas que vendeu pouco na França e menos ainda em traduções.

Céleste não reclama, acha tudo natural, como achava natural cuidar de Proust durante a noite e de madrugada. Acha que sua recompensa já foi dada, naqueles dez anos passados com Proust.

"A imagem que guardo dele no meu coração é a mais bonita de todas, a melhor das heranças. Ele não me abandona nunca. Cada vez que tenho um problema a resolver, encontro um admirador de monsieur Proust que me ajuda. É como se, mesmo depois da morte, ele ainda me protegesse. E quando preciso de conselhos, peço a ele, mentalmente, e tudo se facilita."

Impossível fazer Céleste acreditar que esteve apaixonada por Marcel Proust, esta é a verdade. Ela conta que certa vez perguntou a Proust por que ele não se casara. A resposta foi um divertido, mas em tom sério, "Porque não encontrei uma esposa como você, minha Céleste". De outra vez, Proust disse que para ele Céleste ocupava o lugar de mãe. Ela também acha que o considerava e o tratava como um filho favorito. No entanto aceitava dele a liderança de marido, como se usava na época, o senhor absoluto da casa, a força e a sabedoria. Mas Céleste não admitirá nunca que Marcel Proust foi um grande amor platônico. Diante dessas especulações, ela abana a cabeça, severa.

"Ah, os jornalistas. Só Deus sabe o que vocês escrevem com o que a gente diz. M. Proust não gostava de jornalistas. E tinha toda a razão."

COLEÇÃO 96 PÁGINAS

Uma anedota infame – Fiódor Dostoiévski

A bíblia do caos – Millôr Fernandes

O caso da criada perfeita e outras histórias – Agatha Christie

O clube das terças-feiras e outras histórias – Agatha Christie

O curioso caso de Benjamin Button – F. Scott Fitzgerald

200 fábulas de Esopo

O método de interpretação dos sonhos – Sigmund Freud

A mulher mais linda da cidade e outras histórias – Charles Bukowski

Morte por afogamento e outras histórias – Agatha Christie

Por que sou tão sábio – Nietzsche

Sobre a leitura seguido do depoimento de Céleste Albaret – Marcel Proust

Sobre a mentira – Platão

Sonetos de amor e desamor – Ivan Pinheiro Machado (org.)

O último dia de um condenado – Victor Hugo